我们的团队

爸爸慢慢地推着自行车，妈妈坐在后头轻轻地说："用给我买口红的钱买了自行车，挺划算！"

——《妈妈没有口红》

那个站岗的年轻军人始终身姿笔直,纹丝不动,但满脸的泪水"出卖"了他……

——《爱国如爱家》

人生就是这样，它的意义不在于你遇到了什么样的人，看到多少风景，而在于那些人和景给你留下了什么，有没有让你成为更好的自己。

——《成为更好的自己》

当山重水复疑无路时，唯有坚持，才能柳暗花明又一村。

——《坚持的力量》

请有一些责任感,对环境和所有的生命负点责吧,因为环保本身,和我们每个人都息息相关。

——《寿司里的秘密》

保持独立思考,切勿人云亦云。一个看似温暖励志的故事背后,也许隐藏着令人意外的反转。

——《爬雪山的小熊》

真正的、平等的爱情不会从天而降、信手拈来，而只会存在于筚路蓝缕、自强自立之中。

——《征服爱情的女孩》

中国好故事·作品系列

开卷故事

《故事会》编辑部 编

上海文艺出版社
上海故事会文化传媒有限公司

· 前言 ·

天下第一好事

　　天下真有第一好事？对此，大出版家张元济是深信不疑的。他说："天下第一好事，还是读书。"一个"还"字，说明张老是通过慎重比较，然后才这样说的。

　　那么，为什么读书，读书又有什么好处呢？最近，硬核医生张文宏给出了一个答案：不读书，就是人家怎么欺负你，你就怎么欺负回去。但如果你书读多了，你会选择不再跟这些人有关系。

　　这里，张主任讲了读书的消极意义，就是读书免于被别人欺负。当然，我们传统认识论却是主张读书的积极意义的，比如学而优则仕。然而，你千万别误解了读书的消极意义，因为它可能更加接近读书的本质。

　　比如，金庸先生的武侠书，很受海内外读者的欢迎，一代伟人邓小平也是"金迷"之一。但你偏要在书中寻找什么武功秘笈，练什么一阳指、降龙十八掌，期望一竿打倒一船人却是不实际的。

又如，毛泽东晚年一度想看传统笑话，于是他委托京沪两地的图书馆，给他找来许多种不同的笑话书。不过，看就看了，如果一定要说其中有什么微言大义，似乎也有点牵强。

同样，想在《故事会》里发现什么民间秘方；或者看了《故事会》，就能写好小说；或者锚定今年的高考题目就在"开卷故事"里，于是你就把整个故事背下来，也是不现实的。

然而，据闻《故事会》上的故事，有好几起被读者移植到高考作文上，报纸发表时冠之以"满分作文"。宣传了我们才知道，那还有没宣传的呢？这倒是我们没想过的。也许这就是读书的无用之用吧。

多年来，人们在这本杂志上，读到许多新颖有趣、富有智慧的故事，并习惯于把它们当作自己经验的一部分讲给别人听。我们想，独乐乐何如人乐乐，少乐乐又何如众乐乐？

因此，说读书是天下第一好事，一点也不虚妄。

在《故事会》出刊 700 期之际，我们策划编辑一本《开卷故事》以示纪念。作者是我们的编辑团队。有不少作品发表后在社会上广为流传。借此，祝愿更多的人读到更多的好故事！

目 录

趣味

藏一点 /1
178 道工艺 /3
故事记年 /5
故事里的钻石之地 /7
会说话的照片 /9
将心比心 /11
街角的花店 /13
来自陌生人的温暖 /15
礼物里的心思 /17
没做对的一道菜 /19
秘密宝藏 /21
难以抹去的画面 /23

平凡的奇迹 /25
让世界更美好 /27
三八二十三 /29
傻孩子的爱 /31
寿司里的秘密 /33
特别的石头 /35
为故事加分 /37
相信故事 /39
续写传奇 /41
阴差阳错的礼物 /43
永不关闭的服务器 /45

		情感
爱，知道怎么做 /49	秘密情歌 /73	
爱的承诺 /51	你是我的宝 /75	
爱的船票 /53	念念不忘，必有回响 /77	
爱情没有计划 /55	世界再大，也要回家 /79	
爱总相随 /57	相同的快乐 /81	
不会忘记爱你 /59	一盏南瓜灯 /83	
从未走远 /61	在故事里讲秘密 /85	
动听的爱情 /63	真情本无语 /87	
故事内外总关情 /65	真情的痕迹 /89	
两张收据 /67	真相背后有真情 /91	
成为母亲 /69	最好的礼物 /93	
妈妈没有口红 /71		

智慧

爱的约定 /97	退步原来是向前 /121
爱是良药 /99	微微一笑不说破 /123
半枚创可贴 /101	微笑的力量 /125
捕捉生活的细节 /103	小推理，大智慧 /127
故事的力量 /105	笑对人生 /129
故事相伴，直到云开雾散 /107	写下你的故事 /131
加点智慧的料 /109	征服爱情的女孩 /133
救命的一句话 /111	智慧传递 /135
救命故事 /113	最慷慨的赠予 /137
面对尴尬 /115	做人的智慧 /139
让细节为你加分 /117	
听的艺术 /119	

意林

别让幸福从身边溜走 /143
不再孤独 /145
猜得到开头，却猜不到结局 /147
感动生命 /149
坚持的力量 /151
镜子 /153
看不见的伤疤 /155
三十秒的故事 /157
少年的眼神 /159
守住内心的光亮 /161
熟悉的陌生人 /163
天职 /165
娃娃脸 /167
温暖的邂逅 /169
温暖在身边 /171
选择 /173
眼见未必为实 /175
一念之间 /177
一堂情商课 /179
用脚来说话 /181
真相在想象之外 /183
最佳合唱团 /185
做正确的选择 /187

话题

我们 600 期了！ /191
爱国如爱家 /193
表象与真相 /195
传递温暖 /197
带对象回家 /199
给生活加点戏 /201
故事的魅力 /203
故事里有金币 /205
孩子的善意 /207
梦想成真 /209
陌生人的故事 /211
爬雪山的小熊 /213
让我们一起拥抱春天 /215
生活中的分享 /217
世界上最近的距离 /219
撕掉标签 /221
套路与故事 /223
微信支付 /225
细微处的温柔 /227
新与旧的故事 /229
走入你的心 /231
共同战"疫" /233

心理

"老掉牙"的故事 /237
3000万与一只狗 /239
不输善良 /241
成为更好的自己 /243
等待幸福 /245
放下心中的成见 /247
给爱一个理由 /249
嫉妒是把刀 /251
良心的安宁 /253
另一面镜子 /255
命运转弯 /257
平安夜的礼物 /259
让心轻一点 /261
人生既有憾,且行且珍惜 /263
善待每一个人 /265
殊途同归 /267
相信故事,相信美好 /269
想象,或现实一种 /271
心宽路自宽 /273
一切都会正常起来 /275
再试一次 /277
在不完美中寻找完美 /279
种在你心里 /281

趣味

趣味是故事不可缺少的，也是人生奋力追求的。

在充满趣味的人生里，写一个满载趣味的故事。

藏一点

我有个朋友是学霸,哪哪都优秀,就是情路有点坎坷。他去了次高品质的相亲会,现场的男女嘉宾都是人中龙凤,个个光彩照人,但朋友仍是一无所获。

他有点不平静:"我这人不喜欢藏着掖着,自己有什么就亮出来什么。按我现在的条件,不该连个恋爱都谈不起来吧?"

我见他有点上火,不敢贸然接这个烫手山芋,先缓和一下气氛,说:"我给你讲个笑话吧。"朋友虽有点愣,却表示愿意听。

从前有个小女巫,出门忘了带扫帚飞行器,只得走了很长一段路,简直累坏了。她敲开了一个俊朗少年的窗户,想借一把扫帚。少年看看小女巫,为难地说:"我这儿只有吸尘器。"小女巫看看少年,面露失望。不想少年提议道:"你可以留下来休息休息,我们一起做一把扫帚吧。"小女巫欣然同意。后来,他们一起做了一把新的扫帚,还组建了一个新的家庭。很多年后,男主人看着满地玩要的孩子，搂着他的女巫妻子，神秘兮兮地说："其实，家里当年是有扫帚的。"没想到，可爱的女巫妻子也眨眨眼，神秘兮兮地说："其实，扫帚和吸尘器我都有驾照哦！"

爱情嘛，不是比武擂台，有什么、会什么都亮出来，这样未必能赢得胜利。无论是少年藏起了扫帚，还是女巫隐瞒了自己的本事，他们把自己"有的"藏起来了，却让爱情开始发生。

"你是说，我输在霸气外露，需要学着装傻？"朋友瞪大了眼睛问我。

我想了想，继续讲笑话：拥挤的地铁上，爱看武侠片的妻子忍不住逗起丈夫，她对着丈夫大喊一声："葵花点穴手！"霎时间，一车厢的乘客都向那男人行起注目礼。众目睽睽下，原本大家都以为他会发作。谁料这位丈夫却一动不动僵在那里，尴尬地对妻子说："媳妇儿，快别闹，这么多人看着呢，快给我解开吧。"

"你说，那丈夫傻不傻？"我试探地看了看朋友，"其实，在爱情里藏起一点自我，收起一些光芒，不是真傻，是懂爱。"

朋友似有所悟，终于露出笑容："这些理，教科书上都没有，你从哪儿学的？"

开玩笑，我是个故事编辑呀，关于爱、关于生活的智慧良方，故事里还多着呢……

178道工艺

打纸帘，可能很多年轻人还十分陌生，它是传统造纸业的一道工艺。窦浩干这活已经十几年了。

说不清从什么时候开始，窦师傅的手艺在"江湖"上不胫而走，吸引了一些纪录片导演的眼球。不过他们来来去去，大多走马观花。唯有一位叫萧开如的导演，日复一日、如影随形地跟拍。时间一长，就连窦师傅都有些吃惊，问过他为什么，萧导神秘地一笑："到时候我会揭开谜底的。"

一晃两年过去了。有一天，萧导突然对窦师傅说："我在上海搞了个纪录片展映会，到时你过来吧！"窦师傅没有推托，如约来到演播厅。他发现小小的演播厅居然高朋满座，更让他惊讶的是纪录片竟然记下了那么多的细节：到江西去寻找苦竹，到安徽去寻访土漆和乌煤，还有，到各地去寻找上好纸浆的原料青檀树……由于整个行业时过境迁，现在要找到这些原料，不亚于从星际中发现一颗行星，而他却在行业关系网中游刃有余……

纪录片片尾，《喜庆丰收》的音乐响起。萧导用一个长镜头定格住拍摄与打纸帘的双重场景：晾晒好的宣纸像绢纱一样在竹竿上摇曳，阳光暖暖地打在场院空地上，窦师傅熟练地将打好的纸帘铺展开来，任由摄影机穿梭在古旧的作坊间……

演播厅出现了短暂的寂静，然而，片刻过后，一阵掌声暴风雨般掠过。萧导从前排站起，转过身，向在场的观众鞠躬致意。接着，他拉起窦师傅，激动地说："各位朋友，你们面前这位就是纪录片的主角：窦师傅！当年，窦师傅对我说，178道工艺才能成就一张好纸。坦率地说，一开始我是不相信这句话的，为了验证它，我整整拍了两年。现在，我信了！"说完，他高高地举起窦师傅的手，做了个大大的"V"字。

是的，178道工艺，成就了传统的造纸术。故事呢，其实也是一样的。它们口口相传，百折千回，散发着独特的口头文化的芬芳。这里借用莫言先生的一句话，来吧，让我们都来做"讲故事的人"！

故事记年

年底好友聚会，有个节目是分享各自的一年，说说除了挂在嘴上的玩笑和晒在朋友圈的照片，还有什么，是这一年记在心里的。

有人掰着指头数这一年去了哪些地方，有人抓着脑袋想这一年发了几篇文章，有人只记得这一年最重要的是成了家，有人摇摇头说这一年终于还是成了房奴……

大家正说得起劲的时候，有一位女友，悄悄从包里拿出一本笔记，轻声说道："这一年我记了两百多个故事。不多，但我很满意。"大家都很惊讶女友的说法，抬眼一直看她。女友本就内向，这一看，更是低下了头，继续说道："我五月份开始记的，每天一个。"说着，女友又朝我看，"不是你说的吗？多看故事少流泪。"

我这才想起来，五月份的时候，女友正失恋，每天都提不起精神。那时候我也没有什么好法子，只是每天给她发一篇读过的故事，希望分散一些她的注意力。

"刚开始我对故事的兴趣也不大,就是想找件能边哭边做的事,可看着看着,眼泪就没了。也是后来,我知道故事里有的远不只是'故事'两个字,还有可再生的未知和惊喜。"女友又说,从此她有了第一本故事笔记,什么时候在哪里看了什么故事,自己从故事里收获到了什么,都一一记录在册。

"这是一件谁都能做的事,但对我来说,是一种新的开始。"说着,女友递给我笔记,上面五颜六色,满满当当。

女友还挑了几个她觉得特别走心和精彩的故事跟大家分享,一向不善于言语的她突然滔滔不绝,大家在惊讶的同时,更多的是欣喜。

"别人用旅行、写作记年,你是读故事记年,还真独特!简直开启了记年新方式!"

"哈哈,有百利而无一害啊!"

的确,女友因为这些故事,后来的几个月里有了新的方向,而这方向也让她成为比昨天更"富有"的人,无论是她的笔记还是她的思想里,从此又多了一种智慧叫"故事"。

故事里的钻石之地

一百多年前，在美国费城，有个叫康韦尔的神父。一次，一个年轻人考上了大学，却付不起学费，百般苦恼的他找神父倾诉，热心的康韦尔想方设法为他凑足了学费。之后，康韦尔萌发了一个在常人看来不可能实现的梦想：他要为贫穷的有志青年建一所大学！

建一所大学要几百万美元，康韦尔从哪弄这么一大笔钱呢？

几天后，康韦尔举办了一次筹款演讲，他先为大家讲了一个故事：

非洲有位农民，听说外省有人发现了钻石，一夜暴富。农民卖掉了自家农田，也跑到外省去寻找钻石，但他穷尽一生也没找到。那位买了农田的人呢，偶然发现地里有许多玻璃石头，就捡了一块装饰在草帽上。一天，他遇到一个外省人，外省人指着他草帽上的玻璃石头，惊讶地说："我从没见过这么大的钻石！"他这才如梦初醒："天啊，原来我家地里全是钻石。"农民为何坐拥财富却不自知?他缺乏的,正是一个有效的"指点"。

康韦尔说,农民想寻找钻石,正如年轻人寻找真知灼见,如果缺少有效指点,仅凭一己之力很难找到。康韦尔想建这样一所大学:不以高昂学费切断贫穷者继续求学的机会,所有人机会平等,在高等教育的指点下,每个人都能找到属于自己的"钻石",这所大学,将会是有志青年的"钻石之地"!

康韦尔的演讲,吸引了许许多多的听众。他不停讲述着这个故事,人们被故事打动,也被康韦尔的毅力感动。建大学的募捐款越来越多,最终,康韦尔筹到了六百万美元。

费城的坦普尔大学就此成立,康韦尔的故事也传到了今天。

讲着"钻石之地"故事的人,为自己赢得了实现梦想的基金,这足以表明,好故事本身,就是一颗闪闪发光的钻石。它闪耀出的智慧光芒,能吸引众人的目光,赢得真切的认可。

看《故事会》的你,发现手中捧着的"钻石"了吗?

会说话的照片

和大家分享两个关于照片的故事。

一个男人结婚多年,从没去菜场买过菜,可是这天妻子病倒了,想喝点清淡的汤,于是男人独自去了菜场。在菜场里,他感到很茫然,不知买什么好。

突然有个卖菜的小贩对他说:"你媳妇平时总在我这儿买菜,给你便宜点。"

男人很纳闷:"你怎么认得我呢?"

菜贩笑着说:"你媳妇每次用手机付钱时,我都能看到她手机屏保的那张合影,上面的男人是你。"

另一个故事的主人公,是一个农村少年,他在城市的餐馆里当服务员。有天少年在上菜时,不小心碰掉了顾客的平板电脑,顾客怒气冲冲地要少年赔他五千块钱。少年吓坏了,只好回家找老叔想办法。

老婶一听这事,坐在炕上骂开了:"你生下来就死了娘,五岁时没了爹,我和你老叔辛辛苦苦把你拉扯大,可你这么不省心,想让我们白养你一辈子吗?"少年被骂哭了。老叔拉起少年的手说:"别哭,叔就要养你一辈子!"老婶气得拿起墙上的全家福老照片,"咣当"一声摔在地上。

老叔背着老婶卖了家里的牛,把钱给少年送去。老婶得知后,给少年打电话说:"你这个败家子,以后别再回来!"打那后,少年不敢回家了,但老叔每个月都会来城里看他。

后来老叔也很少来了。有一天,少年接到了老婶的电话,说老叔病重,想见他一面。少年赶回家,奄奄一息的老叔躺在炕上,对少年说:"对不起,当年我和你爹在城里的高楼安空调,是我把绳子锁扣系反了,才造成你爹……这是我一辈子的心病,我想把你当亲生儿子养的,可我没有做好……"

少年抓住老叔枯瘦的手哭道:"我早知道你不是我亲叔,因为从前那张全家福照片里,没有我爹……"

照片沉默不语,静静躺在手机里,或挂在墙上;但照片又会说话,只要你细心,就能听到它们对你讲述生活,讲出真相。我们的故事也像一张张照片,将人生百态定格在瞬间,那是最精彩、最动人的瞬间。

将心比心

中午时分，一家快餐店里走进一个衣着朴素的中年妇女。妇女坐下后，服务员为她拿来菜单，并摆上餐具和水杯。这家快餐店走的是精致路线，定价比平均水准高一些。中年妇女把菜单翻来覆去地看了一会儿，似乎没想到价格这么高，犹豫片刻，竟站起身向店外走去。一旁的服务员挺年轻，还没有学会控制自己的表情，一脸惊讶地看着她。中年妇女的脸顿时红了，走也不是，不走也不是。就在这尴尬的一刻，店长走了过来，他为中年妇女拉开门，语气自然地说："很抱歉，是本店没有您喜欢的口味吧，欢迎下次光临。"

事后，年轻的服务员意识到了自己的失礼，就问店长，怎么才能做得像他一样好。店长说，其实自己并没有什么诀窍，只是记住了一个词——将心比心。

店长说，当年他刚做服务员时，有一对夫妻来吃饭。菜端上桌后，女顾客指着一个菜，问他："这道菜叫啥？"店长不知就里地回答：

"蚂蚁上树。"女顾客一下子来劲了,大声问:"你也知道是蚂蚁上树?那怎么只见树不见蚂蚁?"店长看了一眼满是粉丝的盘子,知道是厨房出了错,只好连声道歉,女顾客却不依不饶。就在店长不知怎么办好时,女顾客的丈夫笑着对他说:"蚂蚁可能太累了,还没爬上树来,你赶紧去通知厨房,换一盘爬得快的蚂蚁来吧。"店长这才借机脱身。他非常感激这位顾客,也是这位顾客教会了他,凡事要多站在别人的角度考虑,将心比心,换位思考。

　　以上是我生活中听说的真事。最近,有朋友抱怨孩子在学校里不会"来事儿",想提高孩子的情商,问我有没有这方面的故事推荐,我就想起了这个故事。朋友听后若有所思,说:"这个故事里,年轻服务员和女顾客的情商偏低,店长和女顾客的丈夫情商比较高。不过,这里的'情商'似乎和我原先理解的不一样。说起情商高,我们常会想起'长袖善舞''八面玲珑'这些词,可仔细想来,这些并不是真正的情商。就像故事里说的,情商的底色应该是善良,将心比心、换位思考才是情商的最高境界。"

街角的花店

临睡前接到一个朋友的电话,她说她离婚了,而且有一阵子了,现在自己开了家花店,一个人过日子。我知道她是来倾诉、寻安慰的,便耐心听她讲。

她开始说起花店的事。

花店的第一单生意,是隔壁奶茶铺的一个姑娘来买花。年轻的姑娘喜欢上了一个帅小伙,小伙在对面大楼里上班,每天中午都来奶茶铺买饮品,都是姑娘接待的。姑娘难耐春心萌动,便撒娇让我朋友给出了一个邻居的折扣,然后一连几天都来花店订一小束玫瑰,还特别要求用她最喜欢的粉蓝色棉纸包装好,送去小伙的公司,署名"你天天见到的人"。小伙也一如往常地光顾奶茶铺,每次对姑娘点头说"谢谢"的时候,似乎笑得更甜了。只是几天后,我朋友发现了件尴尬的事,因为每到下班的时候,从对面大楼里总会走出一个美女,满面春风,手里总捧着一小束玫瑰花,还是粉蓝色棉纸包装的……我朋友有点替卖奶茶的姑娘可惜，决定去劝她收手，免得让人"借花献佛"。没想到，姑娘已然知道了这事，笑笑说："姐，你误会他啦，他每天请女同事帮忙把花拿去停车场，他接了花放车上，再带回家去，他一个大男人不好意思捧着花走呀……"姑娘吐了吐舌头，说自己这几天可没少干"侦探跟踪"的活儿呢。

"你确定他不会把花送给别的什么人？"我朋友仍谨慎地想着其他可能。

倒是那姑娘，一脸羞涩地笑着说："姐，今天那小伙在我这儿点了杯玫瑰拿铁，却笑了笑，没带走呢……"

朋友说故事的时候，自己都笑出了声。她说，她很庆幸自己离婚后开了花店，尽管比想象中要忙碌得多，但她总能得到暖心的故事，让她依然相信生活的美好。

朋友还说，她不是打电话来寻安慰的，她是来PK故事的，接下来，该我这个故事编辑讲一个了。

嗨，你们有没有那样暖暖的故事？快点来支援我吧！

来自陌生人的温暖

朋友看了这期杂志的样刊，说她最喜欢《喊夜》这个故事。我问为什么，朋友说，她相信这个故事是真实的，因为那种来自陌生人的温暖，她也感受过。

那年，朋友刚刚升入高三，高考的压力、和父母关系的紧张让她陷入了抑郁。这天深夜，她给喜欢的男孩发了一条短信，说活着没意思，想离开这个世界。过了好久，朋友收到了回信，竟是男孩的妈妈发来的。短信很长，笔触温柔，字字都站在朋友的角度着想。那位妈妈说，她不知道发短信的是谁，猜想是位姑娘吧。她的儿子也经常抱怨父母不理解他，对他的爱太少，但他永远不会知道，此刻他熟睡时，妈妈注视他的样子。有些爱也许你不知道，但并不代表它们不存在，即使为了这些爱，也请乐观地活下去……

朋友看了短信后，哭了一整晚。当时她并没有指望男孩会回复，但素不相识的阿姨对她的关爱，却实实在在地温暖了她冰冷的心。

朋友的故事让我想起看过的一个帖子，"说说那些来自陌生人的感动"，每个回帖就像一颗小小的星星，照亮了孤寂的人生之夜——

"骑川藏线的时候，已经骑得很累了，一个人爬坡时，突然有辆车减速，跟在我身边，然后车窗摇下来，一个男生递给我一罐咖啡，说：'小妹妹加油！'"

"独自去旅行，玩到晚上九点多才回客栈，出租车一停下，开客栈的阿姨就跑到门口接我，说再不回来就要打电话了。我问：'为什么啊？其他人都回来了吗？'阿姨说：'别人都是一对一对来的，就你是一个人，我不放心。'"

"火车上，一对情侣挤一个座位，让了一个座位给老大爷。中午，老大爷拿出一个干巴巴的面包吃起来，女生把自己带的牛奶插好吸管，递给老大爷。"

看着这些回帖，我们也会想起自己生命中的温暖片段。但愿每个人都温柔地对待别人，也被这个世界温柔地对待；但愿这样的故事越来越多……

礼物里的心思

有对情侣,两人家里各有一只木柜,专门用来存放对方送给自己的礼物。

这天,女生到男生家里做客,看到男生的木柜,笑着说:"你这柜子里,除了第一次送你的香水用完了,后来送你的一只杯子摔碎了,其他的杯碟,还有后来那些唱片和故事集应该都在吧?"男生心想女生竟然记得这样牢,打趣道:"柜子你刚打开过啊……"

女生摇摇头,接着,她说出了自己"洞察一切"的缘由。

其实,女生一直都是通过礼物来表达情感的,她对礼物的选择也有一套自己的原则,这也让她对一切都记得清楚。女生送给男生的第一份礼物,是一瓶精心挑选的香水,精致,却时刻都会挥发,就像女生最开始对爱情的判断,甜蜜,却总觉得有耗尽的时限。那时候她想,要是以后分开,也要像香气消逝那般再见。后来有段时间,女生选的礼物变成了各种手工制作的杯碟,她花了大量的时间和精力去准备，而当杯碟成型，甚至开始在生活中使用的时候，她也记得，杯碟易碎，像她的恋爱，虽然越来越有寄托，风险却也可能突然造访。这时候她想，万一一切归零，打碎的残渣倒也可以当作一个正式的句号。

接着，女生又说："当我开始送你那些喜欢的唱片和故事集时，就下决心和你一直在一起啦！"在女生看来，它们是生活之外的选择，是她最真实完整的分享。她希望之后的恋爱，都可以像经典歌曲和故事一样，经久不衰，回味无穷。

男生听完点点头，说："那你家柜子里的日落们都还好吗？"两人相视一笑。

女生喜欢日落，男生每年都会送她一幅印有日落的布艺装饰画，它们看似雷同，却足够特别。女生或许不知道，日落都是男生专门去不同的地方拍下，又悄悄印染出来做成装饰画的——男生的礼物里也藏着只多不少的心意。

情侣们花在礼物里的心思，常常超乎彼此的想象，而我们花在生活里的心思也是如此，但愿所有的心思都花得其所，末了都能化作放进人生柜子里的礼物。

没做对的一道菜

阿钟大学毕业后,没去找对口的工作,而是用攒的奖学金报了个烹饪班。

学烹饪,阿钟是认真的,他像备战高考似的,钻研各种烹饪教材;也像小学生用描红本练字一样,照着教学步骤反复练习基本功。师傅上实践课时,阿钟紧盯着他做菜的每个步骤,无论是切食材下刀的角度、翻炒菜时的火候、颠锅的次数……阿钟都熟稔于心。

一年后,阿钟迎来一场重要的"出师考"——复制师傅的一道菜。要知道,平时他就被戏称是"师傅克隆体",连师傅炒菜时的微表情、小习惯都学了去,这次要复制师傅的一道菜,又有何难?然而阿钟没能通过考试。他不明白是哪里出了错,就带着考试时的视频去请教师傅。师傅看了半天也挑不出毛病,只劝他明年再努力。

小时候,碰到解决不了的难题,阿钟都会找母亲倾诉,而现在他长大了,母亲能替他解答的问题越来越少了。阿钟回到家,母亲问他:"怎么,没通过?"

阿钟激动地说:"这菜我也不是第一回做,我先是45度角下刀把肉切片,然后……"阿钟情不自禁地在母亲面前演示起做菜的步骤来,可演示到一半,他停下了,不耐烦地说:"唉,跟您说这些也没用,连师傅都不知道我错在哪儿!"

母亲问道:"你刚才有个动作,是学你师傅用手往锅里投调料,对不对?"

"对,师傅说,用手抓调料,更好掌握度,我跟着师傅练了很多次,不会错!"

母亲笑了笑,说:"儿子,你知不知道自己紧张的时候,左手会不自觉地发抖?小时候每次打预防针前,你就会这样……"母亲还没说完,阿钟已恍然大悟:他平时做这道菜,得心应手;可考试时做,他紧张了,连手抖他都没在意,投下的调料却不再精准!

母亲说:"明年再努力吧,功夫真要是练到家了,就算是考试也不会紧张!"

阿钟问:"我已经浪费了一年没找工作,您不怪我,还同意我继续折腾?"

母亲笑着说:"你认定要做的事,哪件轻易放弃过?我还不了解你嘛!"

知子莫若母,你的母亲不一定识得整个世界,但一定用心关注着全部的你。

秘密宝藏

这是一个真实的故事。

在美国,有个叫约翰的孤老去世了,留下一幢无人接手的小房子。房产经纪人过来清扫老屋,惊讶地发现,屋子里堆满了约翰的收藏品——破旧的地图。他不清楚这些地图是否还有用,在一般人看来,地图有时效性,过期了,就没有用了吧?不过,房产经纪人还是找到了市立图书馆,请管理员科里森过来看看。科里森进到屋子里,瞬间惊呆了,他预估了一下地图数量,至少得有十万份!

科里森找来十名员工搬运地图,并把它们分类装箱——有折叠式的街道图;有可以挂满墙的大地图;有成排的老地球仪……

这些遗产,让市立图书馆的地图藏量足足翻了一倍。

约翰年轻时曾游历四方,别人形容他"安静、害羞"。这浩瀚可观的地图收藏,填满了他沉默不语的人生。约翰为什么要独自收集那么多地图,有什么意义呢?科里森不明白。

这件事流传开来，许多人慕名来图书馆看地图。有一个中国人过来，说要寻找1932年的上海地图。科里森心想，这不太可能有吧？没想到真在约翰的藏品中找到了。过了5分钟，中国人看着地图泪流满面，科里森小心地问怎么了，中国人说，自己和姐姐在上海长大，1932年，姐姐死于战争的炮火之中。这份地图，留住了一座城市在他童年记忆中的模样，留住了战火纷飞中面目全非的家乡。

科里森一下子想明白了，约翰收藏的地图，并非"破旧、无用"，而是秘密的宝藏，是通往珍贵历史的一扇时光之门。这就是他收藏地图的意义。

地图毕竟是薄薄的、脆弱的纸张，也许有一天会老化得再也无法被翻开，可关于地图的故事却不会。这个故事深深感动了我，现在我想把这个故事分享给你们。这份感动，会通过纸张传递，藏进你的心底。

故事，也是秘密宝藏的一种，在心里多收藏几个好故事吧，它们永远不会过时，永远和我们的记忆同在。

难以抹去的画面

最近读到一个故事，故事虽短小，却令我久久咂摸，反复玩味。

一名专栏作家同一个多年不见的老同学会面，喝到微醺时，两人聊起了从前的学校生活。

老同学呷了一口酒，红着脸说起了一个秘密。他说，那一年，同班的一个女孩，偷偷给他送过一封情书。这事儿，他没和任何人讲过。他记得，女孩把情书夹在了他数学课本的第15页和第16页之间。因为前一天的数学课，老师讲到第14页，而第15页，正好是第二天要学的。

作家听后，顿时感到一缕微风拂过心田：午后的教室，青涩的少年，书页的油墨香味，两个神秘的数字，颤抖的手指，以及怦怦乱跳的心，共同刻画出一个一生难忘的画面……

作家没有追问"后来怎样"，他只知道，和老同学结婚多年的妻子，并不是这个写情书的女孩。

这件小事点亮了作家的灵感，回到家后，他便以这一校园往事为素材，写下了一篇小说。第二天，作家将稿件投递给一家杂志社，顺便给那位老同学也转发了一份。

不料就在作品发表前，老同学打来了电话，说他找到了当年那本书，发现他之前记错了——情书其实是夹在第14页和第15页之间的，因为第15页和第16页是一张纸的两面，并没有"之间"。作家当即翻开桌上一本书查看，发现果然如此，当时他听的时候也没在意。

电话里，老同学笑着说，看来记忆还是不可靠啊。作家告诉他，其实，具体数字并不重要，重要的是，你能将这幅画面一直记在心间。就像你一定早就忘了你上学时每次考试的分数，但会永远记得那间教室、那张课桌、那些和老师同学们相处的点滴。

岁月如织，在数不清的日子里的千万个瞬间中，你是否也有几幅难以抹去的画面？同样的，相信你在阅读我们的故事的时候，眼前也会浮现出一些美好的画面。我们所要做的，就是把这些画面编织起来，奉献给你，为你的记忆增添些许跃动的因子，令它鲜活起来。

平凡的奇迹

在西南边陲的小镇上,有一对普通的年轻情侣,男孩是货运火车司机,女孩是裁缝,两个人感情很好。后来,女孩学会了上网,她对小镇外面的世界,越来越渴望。

终于有一天,女孩对男孩说:"我想去大城市,再也不回小镇了。我有缝纫的手艺,找工作不难。你跟我走吗?"男孩沉默了,他除了开火车,其他什么也不会,他只想待在小镇上,和女孩过细水长流的日子。女孩见男孩不说话,失望又决绝地说:"那我们只能分手了。"男孩急了,说:"我怎么做,你才能回来?"女孩淡淡地说:"除非时间倒流!"

故事讲到这里,似乎再也没有发展的余地。时间怎么可能倒流呢?

女孩走的那一天,她站在小镇破旧的月台上,男孩并没有来送她,甚至连告别的短信都没有。女孩心里还是有些痛的,她想,缘分真的尽了。火车徐徐开动，过了一会儿，女孩收到一条短信，是男孩发来的："12点整，记得看窗外。"

女孩心里有些忐忑，等待着12点整的临近。时间到了，正当女孩纳闷时，一列货运火车与女孩坐的火车擦肩而过。女孩睁大眼睛，看到了让她无法忘记的画面：货运火车的每一节车厢外，都用白色油漆画着并排的时钟图案，利用火车运行的速度，让静止的图案变成了"动画"。令人惊讶的是，时钟是反着走的！

这时，男孩又一条短信发了过来："看见了吗？时间真的倒流了！"

故事的结局，女孩有没有回来，这不重要。重要的是，男孩为了挽留女孩，所做的这一切。

这本来是个极其普通的故事，却因为男孩一个富有浪漫色彩的举动，为故事注入了一股奇情，让我们意识到，平凡生活中也有想不到的奇迹。

这份"奇"，并不是怪诞的，不合情理的，突兀的，恰恰相反，这份"奇"，是具有想象力的，合情合理的，又出人意料的。

故事的魅力，故事的精髓，都在这个"奇"字上。

让世界更美好

最近，好朋友向我推荐一部医院题材的纪录片，说被片中真实的故事所震撼，这让我想起听说过的两件发生在医院的小事。

第一件事发生在急诊室，护士正要为一个中年男人输液，男人突然问："你们这里有没有实习护士？"

护士刚好就是实习生，她知道，很多病人都不愿意让实习生扎针，于是说："我就是实习的，如果您不想让我打针，我可以喊老师过来。"

男人看了她一眼，说："不是的，你误会了。我就是想让你们实习生给我打针。我的血管长得特明显，好找，你们多练练手，实在不行多扎几次就是了。"

接下来的一整天，这个实习护士的心里都暖暖的。

第二件事发生在外科，一个脚上受伤的阿姨来换药。她的脚踝处包着纱布，纱布上还系了一条红绳。医生看了有些哭笑不得，前几次换药，这个阿姨脚上都系着红绳，医生没说什么，这次他忍不住了，对阿姨说："您系上个红绳干吗呢？这不好使，还妨碍换药。其实只要您遵医嘱，我保证您不出一个月就能好。"说着，医生直接把红绳剪断了。

阿姨有点不好意思，说："我妈非得系上的，我也跟她说这是封建迷信了。"

医生听后没说什么。换完药，阿姨道了声谢就要走，医生却请她等一下，然后就跑出去了。

过了一会儿，医生回来了，他手里拿着一条红布，缠在阿姨的脚踝处，说："您回去和老母亲说，这是医院里的红布头，效果特别好。"

每当我看到有关医患矛盾的新闻时，就会想起这两件小事。有些故事，看似平淡无奇，波澜不惊，却能让人铭记于心，乐于传颂，因为这些故事，能让世界变得更美好。

三八二十三

小时候便听过这么一则笑话,说甲乙两人为一道算术题争执起来,甲说"三八二十四",乙则坚持说"三八二十三"。两人争得面红耳赤。最后,两人打赌,谁输了就付给对方二十文钱。

他们找到一个私塾先生当裁判。不料,私塾先生判定:乙对甲错,应该是"三八二十三"。乙拿着赢来的二十文钱神气十足地走了。甲不服啊,就问私塾先生,为什么是非不分,判自己错?"你不就损失了二十文钱吗?"私塾先生诡秘一笑,"像那样自以为是的人,就要让他出一辈子的丑!"

民间故事是有变异性的。最近我又看到这则笑话的变异文本,讲的是理发店师徒和买布人的故事。

一天,徒弟上街办事,路过一家布店,看到店里买布的与卖布的在吵架。只听买布的说:"三八二十三,你凭什么要收二十四文钱?"徒弟一听生气了,走到买布人跟前,说:"这位大哥,三八二十四,是你算错了。"买布人仍不服气,指着徒弟说:"我从小到大,都是算三八二十三。你不是理发店的学徒吗?我认识你师傅,找你师傅评理去!"

徒弟说:"好。如果我错了,我就把头上的帽子给你。"买布人说:"如果我错了,我愿赔上我项上人头!"两人打着赌,来到理发店。

师傅问明了情况,对徒弟笑笑说:"你输啦,把帽子给人家吧!"

对师傅的评判,徒弟表面上绝对服从,心里却一百个想不通。师傅明白徒弟的心事,开导说:"我说你输了,你只不过输了顶帽子;如果说你对,那可是一条人命啊!你想想,是帽子重要还是人命重要?"

这两个故事,从情节上看是差不多的。这是故事的基本面。再从人物塑造来看,也都勾画了智慧性的人物。但仔细品味,你会发现,两者其实还是有差异的。差异之一,就是前者是一种消极性的评判,而后者却是一种积极性的评判;差异之二,后者体现了人文关怀。而好的故事,就应有这个情怀。

就此而言,三八二十三,不仅仅是一道简单的算术题。

傻孩子的爱

被问起偏爱哪一类故事更多一些,我想了想,不如先来分享一个——

有一对天神,他们育有两个儿子。大儿子高大、英俊、身形健硕,美到极致;小儿子却又胖又矮,还天生傻气,连说话都有点结巴。两个儿子经常轮番跑到父母面前,问父母爱谁更多一些。有一日,天神夫妻俩被问得不耐烦了,决定用一个"公平"的比试来让两个儿子一决高下。

天神夫妻把两个儿子叫到跟前,父亲说:"你们就从这里出发,去环绕世界三圈,谁先回到这里,谁就是我们更喜爱的儿子。你们准备好了吗?听我口令——"

随着父亲的一声令下,高大健美的大儿子就迈开长腿飞奔而去,只一眨眼工夫,已望不到他的人影了。傻乎乎的小儿子却待在原地,似乎还没回过神来,显然,他输定了。

没错,这根本不是一场"公平"的比试。父母偏爱大儿子,他们之所以这么出题,无非就是想让傻傻的小儿子输得"心服口服"。可他们万万没想到,这样的一幕发生了……

只见小儿子抬头看了父母一眼,傻傻地咧开嘴笑了笑,随后,他欢快地绕着父母小跑了一圈、两圈、三圈……最终回到父母跟前。母亲不禁惊讶地问:"孩子,你这是在做什么?"

小儿子张着明亮的双眼,看着父母,认真地说:"你、你们就、就是我的世界,我绕着、绕着世界转了三圈,现在、现在我回、回来了!"

天神夫妻久久地看着眼前的"傻"儿子,不知不觉红了眼眶……

你得到过"傻孩子的爱"吗?生活中有些美好显而易见,有些美好则被不小心辜负。我偏爱的"故事",就是能时不时地提醒我,要再使劲一点去挖掘生活,再认真一点去感受与付出情感,再勤奋一点去记录与分享那一次次险些被错过的感动。

寿司里的秘密

前段时间,小区开始提倡并要求居民进行垃圾分类,让我想起了下面这个故事:

这天,街上搭起了一个临时摊子,上面摆满了各种各样口味丰富的寿司,售货员站在一旁,端着一盘寿司,不停地叫道:"免费的寿司哦,大家快来品尝吧,还可以加热的!"

渐渐地,有不少路人都走到摊子前,挑了自己喜欢的口味,品尝起寿司来。有的说:"味道真的很不错!"有的说:"这和看上去一样美味!"大家对寿司都赞不绝口。

可是,过了一会儿,大家纷纷觉得哪里不对劲,嘴巴里似乎有什么东西总咬不烂,他们忍不住伸手去拽嘴里没能嚼碎的东西。谁知拿出一看,竟是一些五颜六色的塑料袋!

大家当即纷纷指责售货员:"你这寿司里怎么会有塑料袋?""塑料袋是不能吃的,你不知道吗?""万一它卡住喉咙怎么办?"

售货员站在一旁解释道："这些都是寿司的内馅，我想这应该不算太危险吧……"

大家听完更愤怒了，一个带着孩子的妈妈质问道："不危险？你要不要自己试试看啊？"一个男人说："你觉得不危险，那是因为不是你自己在吃！"有人甚至说："我们的胃是不能消化塑料袋的，你这样我完全可以告你蓄意伤人！"

这时，售货员有点慌了，说："其实我也不知道是怎么回事，这些都是公司叫我做的……"

大家对售货员的回答并不满意，他们继续指责："你要有责任感才行！""你先去学习一些常识再出来工作吧！""以后，请对别人的生命负点责好吗？"

其实，这个故事来自一则环保公益短片，把塑料袋当内馅放在寿司里，是故意所为，目的是想让人们意识到滥用塑料袋对环境的伤害，从而减少塑料袋的使用。故事里大家指责售货员的那些话，其实也正是故事想要传递的——请有一些责任感，对环境和所有的生命负点责吧，因为环保本身，和我们每个人都息息相关。

特别的石头

和大家分享两则关于石头的小故事。明清之际,有位很有名的学者叫傅山,他也十分精通医术。一天,有位男子找到傅山,求他帮忙。原来,男子和妻子新婚不久,原本十分恩爱,可渐渐地,两人总因各种琐事拌嘴,妻子为此闷闷不乐,竟一病不起。傅山听后,捡了一块鹅卵石递给男子,让他回家后把石头放在锅里煮,等煮软后作为药引食用,并且特别强调,煮石头时要不断加水,而且不可离人。

男子遵嘱行事,一连几天,寸步不离地守着自家灶台煮石头,直熬得双眼通红,满脸憔悴,可这石头却怎么也煮不软。男子相信傅山不会捉弄自己,急得不知怎么才好。妻子见状,不由得心疼丈夫,让他再去问问傅山。

傅山见到男子,"哈哈"笑道:"石头虽然煮不软,但你的一片至诚,已经把她的心软化了,她的病也就好了。"男子回到家中,果然见妻子气色变好了，而且对自己比从前更加好。

有位美国的老妇人，丈夫和她相伴五十年后去世了。老妇人非常悲伤，决定送给丈夫最后一件礼物。她定制了一块花岗岩墓碑，要求刻上两人的名字和结婚日期，还要把结婚戒指镶嵌在上面。在他们结婚五十周年这天，老妇人看到了这块精美的墓碑，它被吊车吊着送到了墓地。可突然间，墓碑从绑带中滑落下来，掉在地上摔成了两半！

在场的人都目瞪口呆，大家都怕老妇人会情绪崩溃，可谁也想不到的是，先前还一脸悲戚的老妇人，竟然发自内心地大笑起来。看到人们惊讶的表情，老妇人止住笑，解释起来："在五十年前的婚礼上，我和丈夫合举着一把刀，准备切蛋糕，就在那一瞬间，蛋糕突然裂成了两半。这可真是惊人的巧合！我一直想送给他一件特别的东西，作为最后的礼物，这下如愿以偿了！"

在这两则故事里，石头还是普通的石头，煮不软，花岗岩墓碑也是石头，会摔裂；但它们又是特别的石头，因为被赋予了特别的智慧，也浸染着夫妻间浓浓的情感。我们想奉献给大家的，也是如这石头一般的故事，或许生活中常见，却有令人印象深刻的特别之处。

为故事加分

餐厅里,皮埃尔先生发现一个年轻人错穿了他的大衣,于是,他走上前彬彬有礼地问道:"请问,您是皮埃尔先生吗?"年轻人回答:"不,我不是。""太好了,我没弄错。"皮埃尔先生舒了一口气,"我就是他,您穿了他的大衣。"二人相视一笑,年轻人赶忙脱下大衣,还给了皮埃尔先生。

一点智慧,一句幽默,让我们记住了这位皮埃尔先生。而下面这则故事中,母亲的智慧更是令人心服。

有个姑娘名叫詹妮弗,因为婚期将近,她整个人都沉浸在幸福里。可是,想到即将举行的婚礼,詹妮弗还是有些担心她的母亲。因为她的父母去年才离婚,而她的父亲会带着年轻的新妻子来参加她的婚礼。

詹妮弗的母亲对此并不介意,她订购了一套完美的礼服,这套礼服将会使她成为着装最漂亮的新娘母亲。

可在一周后，詹妮弗惊恐地发现，她的继母也买了一套跟她母亲一模一样的礼服。詹妮弗请求继母更换另一套礼服，但继母严词拒绝了，她对詹妮弗说："绝对不可能！我穿上这套礼服就会受到万众瞩目，我一定要穿着它参加你的婚礼！"

詹妮弗把这坏消息告诉了母亲。她的母亲一点也不生气，微笑着说道："没关系，亲爱的，我会去订购另一套礼服。毕竟，那是你的婚礼。"

几天后，母女俩一起去裁缝师那里定做了另一套华丽的礼服。从裁缝师那里出来，她们一起到一家餐厅吃午饭。詹妮弗问她的母亲："妈妈，难道你不打算退掉原来那套礼服吗？"母亲微微一笑，说道："亲爱的，我还有机会穿上它，我准备穿着它去参加婚礼前一晚的彩排晚宴。"

"这样不是太浪费了吗？"詹妮弗心疼地说。

"一点也不浪费。我穿着它去参加婚礼的彩排晚宴，而你的继母穿着她订购的礼服去参加你的正式婚礼。这样的话，亲戚朋友会怎么想？他们肯定认为你继母所穿的礼服是问我借的。"

一则故事中，解决困境的方法充满智慧，便会为故事加分，让人印象深刻。

相信故事

先给大伙儿说个事儿。

有一对年轻的夫妇出国旅游,在机场例行安检。可当丈夫经过安检门的时候,警报铃忽然响了起来。丈夫这才想起来,自己的衣袋里还装着几枚硬币呢。于是,他满脸歉意地掏出那几枚硬币,让海关的工作人员过目。不料,工作人员一看他摊开的手心,顿时大惊失色。只见他手里除了那几枚硬币之外,还有一些十分可疑的白色粉末。刹那间,工作人员一拥而上,不由分说把他强行架走。

讲到这儿,不妨透露一下,这其实是一则广告。请大伙儿猜猜,这究竟是做的啥广告呢?要是您没猜出来,那我们继续。

再说海关的工作人员一番检查后,才发现那些粉末其实压根不是什么毒品,而是洗衣服时没有完全溶解的洗衣粉。至此,可怜的丈夫大呼冤枉,而年轻的妻子更是痛哭流涕,深感自责。

原来这是一则洗衣液广告。用了洗衣液,便再也不用担心口袋里还会有溶解不掉的洗衣粉了。

比起那么多靠明星亮相的广告,这个广告有趣多了。它的妙处就在于,大伙儿正以为要接受无聊推销的时候,却得了个叫人会心一笑的小故事,简直是个小小的意外惊喜。就是这么个小故事,肯定会让不少人都心动起来,这就是故事的说服力。

于是我们细细体味,才恍然大悟,生活中原来处处都藏着好故事。正是这些好故事,用它们的机智和趣味,不经意地点缀着我们的小日子。更妙的是,它们常常又在生动有趣之中,或是机灵巧妙地给我们讲了个道理,或是恰如其时地给我们传递些信念,又或是深入浅出地给我们传授点经验。

我们就这么听着故事,攒着故事,又说着故事。从这些故事里,不知不觉感悟到了什么是面对凶险时的善良,什么是面对艰辛时的幽默,什么是面对困境时的智慧,什么又是世间万物的法则,这也是故事的说服力。

所幸,我们的小日子里,还有这么一个个温热的小故事。在这儿,我们也得感谢亲爱的作者和读者们,陪着我们一起乐呵呵地守护着这些温热的小故事,让大伙儿从眼里、从耳边一直暖到心里去。

续写传奇

这是发生在美国的一个现代传奇。

詹姆士是个再普通不过的公司职员。这天中午,他随手在某个社交论坛上回了个帖子。谁也没想到,一个小时后,他成了网络明星。两星期内,有片厂找他把回帖写成电影。两个月后,他辞了工作,成为一名全职好莱坞编剧……

詹姆士到底在网上写了什么,竟造成如此神奇的连锁反应?原来,论坛上一位网友突发奇想,发帖提了个问题:要是一帮现代美国海军陆战队士兵,穿越到了古罗马时代,他们能摧毁整个罗马帝国吗?恰好,詹姆士是个军事迷,他兴致勃勃地回起了帖子,只不过,他的回帖和其他人的有一些区别——

詹姆士的回帖中有"事件":古罗马的元老院议员们正在策划一场政变,就在议员们密谋之时,突然神兵天降。詹姆士的回帖中有"人物":阴郁的海军上校、精通古罗马语的美国大兵、吓坏了的罗马执政官……他的回帖中有"悬念":随着情节发展,矛盾愈演愈烈。50名罗马骑兵来到海军面前,要求谈判,不留情面的海军杀了49人,只留下一名活口……每天的回帖中都会留有一个小悬念。

就这样,詹姆士打造出了一个丰富奇幻的虚构世界。人们纷纷留言,要求他继续写下去。网络之外的世界也注意到了这个热帖,好莱坞片厂的老板找到詹姆士,雇佣他写完整个剧本……

每个时代都有自己的艺术形式。一百年前,我们的祖辈坐在茶馆里,听说书艺人的精彩讲述;三十年前,我们的母亲织着毛衣,看着家里新买的电视;今天,我们则习惯了一边心不在焉地吃快餐,一边移动鼠标以最快速度寻找感兴趣的信息……看似什么都变了,细细思量,没有改变的是,我们对好故事的渴求。

不论是茶馆时代还是网络时代,人们都渴望听到生动有趣的情节、出人意料的结局、动情感人的讲述……或许,这正是我们这本小小的杂志存在的理由吧。

阴差阳错的礼物

有这么一个故事，一个美国单亲妈妈独自抚养儿子，她靠在工厂打零工挣生活费，母子俩日子过得很清苦。儿子一直想坐一回摩天轮，可票价要10美元，这是妈妈好几天的工钱，于是妈妈始终没有同意儿子的请求。

一天凌晨，下夜班的妈妈走在街上，看到一个熟悉的身影在翻检废品，那不正是自己的儿子吗？被妈妈撞见，儿子只好垂下脏兮兮的小手坦白："妈妈，对不起，我想靠捡废品来凑够摩天轮的10美元门票。""傻孩子！"本想发怒的妈妈看着儿子渴望的眼神，禁不住鼻子一酸，她从口袋里掏出一张钱币递给儿子，"这是妈妈半个月夜班挣到的20美元，明天就是你10岁生日了，你可以去坐一次摩天轮。不过要记住，把剩下的10美元带回来交给妈妈！"

第二天，妈妈左等右等也不见儿子回来，直到深夜，满身汗味的儿子才终于回到家。妈妈以为他拿着那20美元疯玩挥霍去了，平生第一次打了儿子一巴掌。没想到儿子忍住泪水,捧出一沓零钞:"妈妈,这是剩下的10美元。"妈妈这才知道错怪了儿子。

转眼间,儿子将要迈进大学校门,妈妈怀着愧意说:"妈妈对不起你,这么多年从没能送你一件礼物。"不料儿子神秘一笑道:"不,妈妈,你在我10岁那年给了我一件礼物。"说完,儿子找出一张已经发黄的纸片,那是一张价值20美元的印染厂票据,上面还记录着妈妈每日加班印染的衣物数量:9月2日,95件;9月5日,102件;9月8日,96件……

妈妈愣住了,儿子认真地说道:"那次您给我20美元,让我去坐摩天轮,到了售票处,我才发现这只是张票据,看到上面密密麻麻的数字,我终于体会到您的辛劳。那天我没有坐上摩天轮,至于交给您的10美元,是我那些日子捡废品换来的……对我来说,这张票据是最珍贵的礼物。"

一个无心之失,却成了一件有意义的礼物。俗话说无心插柳柳成荫,就像命运给人的馈赠。在您的生活中,有没有如此巧合的礼物呢?

永不关闭的服务器

在一个网络话题里觅到一个有趣的故事：有个手机应用的开发团队，开发了一款社交软件：两个陌生用户一起种花，但规定他们一开始不能交流。一直要等到花籽播种下去，发了芽才能互看对方的资料，然后，又要等很久才能看到对方的照片……总之，陌生的两个人要想进一步认识、互动，要等很久很久的时间。

快节奏时代，交个朋友都那么麻烦？不耐心的用户们对软件感到失望，下载量少得可怜。于是，这个软件很快面临终结。团队不甘心就这样倒闭，于是又开发了一款新的软件。没想到，一下子打开了局面，得到了媒体的关注，于是这个团队赶紧下架了那款失败的社交软件，以免那段"黑历史"给人留下笑柄。

既然软件已经删除，不复存在，服务器自然没有继续服务的必要了。他们正准备关闭服务器时，却突然发现，服务器上竟还有6个用户处于登录状态！他们百感交集，迫切地想联系这6个用户，看看他们都玩到哪一步了。然而遗憾的是，软件的客户端文件被删除得很彻底，连开发人员自己手机上的软件也被卸载了。也就是说，这6个用户，在用一款已经消失的软件，他们还在耐心地浇水、施肥、捉虫……期待有一天能和一起种花的那位"陌生"朋友说上话，见上面。

有人不禁问团队里的工程师们，那6个用户到底要玩多久才能聊上天？工程师们摇摇头，答不上来。这时，团队领队做出了一个决定：他们让这台服务器继续工作，只要这6个人还在使用，他们就一直维护下去……

这个故事引发了很多人的感触，意外的是有越来越多的人对那款下架的软件产生了兴趣，他们纷纷建言，希望那款软件能"重出江湖"，更有人饶有兴致地关注、甚至创作起那6个"孤独用户"背后的故事……

我不知道最后这款社交软件是否真的能"起死回生"，但我再一次见识到故事的能量。或许，故事就是你我之间的服务器，因为还有你在看、在听、在分享，所以我会一直维护下去。

情　感

生活越便捷，科技越发达，情感就越珍贵，它像是一种不可替代的声音，提醒我们作为人的不同。

爱，知道怎么做

三口之家驾车郊游，中途遭遇了可怕的丧尸攻击。男人从昏迷中醒来，发现妻子面如土色，表情狰狞。她的脖子被撕咬得血肉模糊，显然已感染了丧尸之毒……男人立马从车里救出啼哭的孩子，紧搂在怀中，想逃离此地，却在一抬臂间，倒吸了一口凉气：他看到自己手臂上，也有了一处丧尸的咬痕……

周围一片死气沉沉。作为孩子唯一的守护者，却不知在多久之后，自己也会因感染而沦为丧尸，成为对孩子最大的威胁。如果你是这位父亲，那么现在，你会怎么做？

故事里，男人很快有了决定：他找到一捧腐肉，装进袋子，系在腰间。接着，他捡了一段粗树枝用来探路，然后背着孩子开始穿越树林，前往安全地带。路过一个庭院时，男人注意到桌上的派对用具，他想了想，走过去，顺手充了一个气球逗孩子开心……这一路会无比艰辛，他想尽一切可能安抚孩子。

毒素开始肆意发作，男人瞪大了眼睛，攥紧了拳头，像在做最后的反抗……他背着孩子又走了很长一段路，只是如果细看，你会发现，男人的肢体已经开始僵硬，他的脸上渐渐失去了血色。探路的粗树枝，此时被固定在他的肩头，正前方离身体较远的那一端，系着刚才那一袋腐肉。丧尸有追着腐肉跑的本能，此刻，男人正以扭曲的步伐追着腐肉走着，他的双手被自己绑住了，因为够不着前方的腐肉，所以只能一直朝前走。他用这样的方式，确保自己不会伤害背上的孩子。

　　离安全地带越来越近了，男人似乎能看到远处的山冈上，有狙击手已瞄准了他的方向。他系在肩头的气球随风荡漾，像风向标一样。时间不多了，男人的视线越来越模糊，他看了看远方，然后用手拽过拴气球的绳子，把气球捧在自己的脑门前……"砰——"狙击手精准地射击，男人应声倒下。

　　狙击手过来查验情况，他松了一口气，因为击毙的确实是一具恐怖的丧尸，但很快，一声婴儿的啼哭使他惊讶地发现，倒下的不是怪物，而是一个为了爱，尽了全力的父亲。

　　这是一个感动了我很久的短片。绝境中，究竟该怎么做？我不知道，也许你也不清楚，但是，爱，知道。

爱的承诺

有位朋友告诉我，她的爷爷要带着奶奶去周游世界。我听后很惊讶，没想到她的爷爷奶奶年过古稀，还能有这样说走就走的生活情趣。朋友摇了摇头，说："不是的，早在五十年前，爷爷就答应奶奶，要带她去周游世界。为了兑现这一句承诺，爷爷整整筹备了五十年。"

生活中，承诺并不少见，可有分量的却是寥寥。朋友爷爷的承诺充满爱意，下面这则故事中的承诺亦是如此。

男人和女人相识于一场普通的朋友聚会。男人是名医生，他第一次见到女人，得知女人失眠得厉害，就对她说："也许，你需要安定。"男人用了"也许"，是因为他见过一些人，明知自己生病了还不肯承认。出乎男人意料的是，女人的回答很干脆："是的，我需要。"

过了几天，男人坐了两个小时的车，来到女人的家，递给她一颗用处方纸包裹的安定。当天晚上，女人按照他的吩咐，和着白开水吞下那一颗药片，然后在柔和的灯光下打开一本闲书。一会儿工夫，睡意袭来，时隔多年，女人终于在午夜前酣然入睡。

第二天一早，女人看着镜中自己容光焕发的样子，立刻给男人打了电话，说："我要一瓶安定。"没过多久，男人又来了，却只带了七颗药片，他向女人承诺，以后每个周末，他都会准时出现，给她送来七颗安定。

男人说到做到。一开始，他很快就会离开，慢慢地，他待的时间长了一些。他帮女人对付厨房里的小飞虫，陪她去音像店里买CD，带她去公园野餐……

两年后，他们结婚了。蜜月旅行归来，女人突然发现自己已经很多天没吃安定了，但照样睡得很香。直到这时，男人才告诉她，给她的那些药片，除了第一颗是安定，其他的都是维生素C。女人吃惊地说这怎么可能，男人笑着解释，只因每一颗他都做了手脚，先用小刀磨去药片上的"VC"，再刻上"安定"，她才一直都没发现。

两年的时间，男人坚守了自己的诺言，为女人刻写了七百多个"安定"，也给了她安定幸福的婚姻。

基于爱的承诺总是令人感动，你是否也有这样的故事能够与我们分享呢？

爱的船票

听人说了这样一个故事。米勒是一个电影公司的员工，他年幼的儿子汤姆很喜欢外星人电影。

天有不测风云。一次例行体检，米勒被查出得了癌症，而且已经是晚期。他知道自己命不久矣，一直在想办法，怎样让儿子平静地接受自己的离去。一天，米勒看着自己因化疗而掉下的头发，突然计上心头。他索性剃成光头，请同事制作了两个外星人的触角，粘在头上，还亲自设计了一张飞船的船票，上面写着目的地：火星。

一切都准备好了。

大约在米勒去世前一周，汤姆跟着妈妈去医院看望爸爸。汤姆惊讶地发现，爸爸变成了外星人。米勒拿出准备好的船票给儿子看，他说："你看，宝贝儿，爸爸要回母星了。"

汤姆接过船票，完全被迷住了，还央求米勒带他一起回去。米勒告诉儿子，长大了才能回母星，汤姆只能羡慕地咂咂嘴。米勒看见儿子没有因为即将离别而伤心，多少有了些安慰。

　　过了一会儿，汤姆才想起来问米勒什么时候回来。米勒伸手抹了抹眼泪，说："爸爸也许很快就会回来，也许要过一段时间。只不过再来地球的时候，我得变个样子，防止别人知道爸爸是外星人。宝贝儿，你可得等着爸爸。"

　　汤姆兴奋极了，接着问："那我怎么才能认出你呢？"

　　米勒对儿子说："不管爸爸变成什么样子，都会像现在一样疼爱你。所以如果有一天妈妈带回来一个陌生男人，而他和我现在一样疼爱你，那么……"

　　汤姆说，那么这个人一定就是爸爸！

　　转眼间，三年过去了，妈妈带着汤姆去参加她的婚礼。婚礼上，新郎剃了光头，头上粘着两个触角。参加婚礼的宾客都有些疑惑，只有汤姆知道，那是他的爸爸，终于从母星回来找他了，还把船票送给了他。

　　对于汤姆来说，这是一张爱的船票；对于两位父亲来说，这是一次爱的传递。他们用伟大的爱，为儿子撑起了一片温暖的天地。

爱情没有计划

春暖花开之际,要和大家分享的,是一个爱情故事:

有个男孩,对开锁很感兴趣,练就了一项独门绝技,能打开各式各样的保险柜。因他神乎其神,不露痕迹,警方也拿他没办法。前不久他又干了一票,盗了一个据说是最难打开的保险库。

这天,男孩闲来无事,在一商场溜达,电梯间偶遇一个女孩,不禁怦然心动。这是他喜欢的那种女孩。也算是天赐良机,那女孩忙中出错,出电梯时竟落下一本笔记本。男孩捡起来,上面记录的都是女孩的日常生活。男孩忽然计上心来,他照着女孩的喜好,接近女孩,慢慢赢得了她的芳心。

一来二去,他们坠入了爱河。

一天,女孩请男孩去家里做客,男孩极其开心。出于"职业"敏感,他发现,女孩家有个小型保险柜,禁不住一时技痒,趁其不备,偷偷打开看了。万万没想到,里面居然有他送给女孩的小浣熊!一时间，男孩百感交集，顿生金盆洗手的念头。

饭后，他们按早先约好的，去一商场的电影厅看电影。突然，只见人群骚动起来，周围人传言，说一个孩子给锁到保险库里了，隐隐地还听到"救救孩子"的哭叫声。女孩听了，忙拉起男孩跑了过去。一旁的商场保安说，保险库钥匙给负责人带走了，暂时联系不上。保险库内氧气有限，孩子生命堪忧。"砸开吧！"女孩急了。"不行，会伤到孩子的。""那怎么办？"女孩求救似的望着男孩。男孩这时很纠结：自己该不该去开保险库呢？不开，孩子肯定没救；开的话，自己又该怎样解释？最后，他一跺脚上前了："让我来试试。"

很快，保险库开了，男孩却傻了眼：保险库里空无一人！正恍惚间，一副手铐紧紧地铐上了他。原来，那女孩是一名警察，而这一切都是她的计划。女孩说，这样的保险库全国只有两个，这里一个，另外一个，就是之前男孩偷盗时打开的那个。

"世界上除了你，就没人能打开了。"说完，她把男孩交给了同事。

女孩升了职，却又立马辞了职，她没说，计划是计划，爱情却也是爱情。

回到家，女孩见家里的保险柜半掩着，一看，里面有封男孩留下的信，上面写着："为了你，我要去自首了。"瞬间，女孩泪如雨下。

爱总相随

有个男孩，还在上高中，被各种压力压得喘不过气，内心十分痛苦。终于有一天，他崩溃了，想到了自杀。

于是这天，男孩不管不顾，一个人冲出家门，爬上了顶楼……

母亲意识到了男孩的不对劲，于是，她跟在男孩后面，也一口气爬上了顶楼。就在她到达顶楼的时候，男孩已经翻过了护栏，正要往下跳。

男孩的母亲惊慌失措，她担心男孩就这样跳下去，可一时竟不知该说些什么劝他回来，她只是不停地掉眼泪。突然，男孩的母亲像是想起了什么，她抖抖索索从外衣口袋里掏出一个钱包，喊道："孩子，你等一下！"接着，她从钱包里翻出了一张泛黄却平整的纸条，递给男孩。

男孩一直沉浸在自己的痛苦之中，这时才被母亲的叫喊声打断了。他回头看了一眼母亲递来的纸条，瞬间愣住了。

这时,母亲看着男孩,带着哭腔说:"孩子,这个……还有用吗?妈妈想让你回来……"

男孩看看母亲,又看看纸条,这样来回重复了几次。最终,他接过纸条,失声痛哭道:"妈妈!妈妈……"母亲趁机拉过男孩,两人紧紧拥抱在一起。

自此以后,男孩再也没有动过自杀的念头了,因为他知道,母亲的爱会一直陪伴他渡过所有的难关。

原来,母亲递给男孩的纸条是他上幼儿园时,有一年送给母亲的母亲节礼物,那是男孩亲手制作的"什么事情都可以实现券"。这张早已被男孩忘记的"什么事情都可以实现券",其实一直都被母亲珍藏着,她不舍得用,却时刻带在身边……恰恰是这张看似"无用"的纸条,在最后的危急关头,挽回了男孩的生命。

以上是我不久前看到的一则新闻,男孩母亲最后的举动,让我感动不已。父母对孩子的爱,总是这样细腻却难忘。希望故事里的爱,也能温暖到您的心里,陪您一起迎接这个冬天。

不会忘记爱你

在一座宅院内的长椅上,坐着一对母子。忽然,一只麻雀飞落到旁边的草丛里,母亲喃喃问道:"那是什么?"儿子抬头一看,随口答道:"一只麻雀。"

母亲点点头,看着麻雀在草丛中跳跃,又问:"那是什么?"儿子皱起眉头说:"妈,我刚才跟您说了,是只麻雀。"

麻雀飞起,落在前面的草地上,母亲又问:"那是什么?"儿子不耐烦了,用手指着麻雀,一字一句大声拼读:"一只麻雀!摸——啊——麻!七——跃——雀!"

母亲看着麻雀,试探着又问了句:"那是什么?"这下儿子彻底恼了:"您到底要干什么?我已经说了这么多遍了!那是一只麻雀!您难道听不懂吗?"

母亲一言不发,起身走回屋里。不一会儿,母亲回来了,手里多了个小本子。她坐下来翻到某页,指着其中一段,对儿子说道:

"念!"

儿子有点纳闷,但还是照着念了起来:"今天,我和刚满三岁的儿子坐在公园里,一只麻雀落到我们面前,儿子问了我21遍'那是什么',我就回答了他21遍'那是一只麻雀'。他每问一次,我都拥抱他一下,一遍又一遍,一点也不觉得烦,心里想着我的乖儿子真是可爱……"

在一则公益广告片中,一个得了阿尔茨海默病的老人,记性越来越差,甚至连自己的儿子也认不得了。一次,儿子带父亲去饭店吃饭,父亲见盘子里剩下两个饺子,竟直接用手拿起一个装在口袋里。一旁的儿子看到后,当即责备道:"爸,你干吗呀?"父亲委屈地说:"这是留给我儿子的,我儿子最爱吃这个了……"

在一个偏远小镇上,有一户穷苦人家,父亲独自带着一儿一女,生活异常艰难。一次,女儿高烧不退导致听力严重受损。女儿觉得是因为父亲重男轻女忽略了她所致,从此对父亲心生怨恨。多年后,父亲得了肺癌,临终前把女儿叫到床边,指着床头柜,吃力地说:"里面……有个饼干盒……盒子里有……一万块,你去买……买个好点的助听器,别……别让你弟知道……"

就算有一天,他们忘记了很多事,他们忘记了全世界,他们走到了生命的尽头,也不会忘记爱你。可是,你忘记爱他们了吗?

从未走远

朋友的父亲去世了,很长一段时间,她都萎靡不振,让我担心不已。

直到有一天,朋友来找我吃饭,整个人的状态好了许多。我小心翼翼地问朋友,最近怎么样。朋友给我说了一件小事。

那是一个艳阳天,忧伤却依然萦绕在她的心头,挥散不去。朋友决定去父亲去世前独自居住的卧室,好好地整理一下房间。

整理到大衣柜时,朋友发现一叠毛衣的最底下,压着一个密封袋,里面平整地包着一捆东西。这里面是什么?循着好奇心,朋友打开了这个文件袋。

首先,她看到许多黑白照片,有父亲孩提时和奶奶的合影,也有风华正茂时穿海魂衫的照片,他和朋友站在一起,笑得有些憨厚。再往下翻,是一张母亲年轻时的照片,背面有父亲的笔迹。接着,朋友看到了父亲的学历证,工作证,工程师资格证,退休前徒弟们给他写的贺卡。最后，朋友看到了自己的出生证。这之前，朋友从来没见过，原来被父亲当作宝贝，偷偷藏了起来。然后是朋友的接种疫苗证，入学拍的黑白照，图书馆借书证，高一时的学生手册……朋友想起，高一时自己正在叛逆期，成绩异常糟糕，父亲常被老师叫去学校。

父亲竟把女儿的这些东西都好好地保存了下来。这些东西，对朋友来说是毫不在意的小物件，她从未想过保留。朋友仿佛看到卧病在床的父亲，把这些小东西慢慢地归类，一丝不苟地将它们装进了文件袋，再好好地塞进衣柜。这是父亲一辈子的足迹，一生的故事被浓缩进这些发黄的照片和证件里。在他眼里，女儿的每一步都值得纪念，是自己故事里不可空缺的细节。就在那一刻，朋友觉得自己的父亲并没有离开她，他从未走远。

朋友说到这，我被深深打动了。这世界上有太多感动，就隐藏在平凡生活的细节里，谈不上轰轰烈烈，却让人不知不觉泪流满面。

动听的爱情

前阵子,看了个短视频。片中,一位着装精致的老太太,总是一个人来到伦敦的路堤地铁站。列车来了又走,她也不上去,只是安安静静地坐在站台的长椅上。只有当广播中响起"mind the gap"(请注意脚下安全)时,老太太的脸上才会浮现出一抹微笑。这个声音,对她而言,有着特别的意义,这是她已逝丈夫的声音……

这部短视频讲述的是一个真实的故事,片中的老太太名叫玛格丽特,而她已逝的丈夫劳伦斯,年轻时曾当过演员,也就是在那时,他为伦敦地铁北线录制了警示语"mind the gap"。

那些年,玛格丽特的家就住在北伦敦,几乎每天上班都要坐地铁北线,时常能听到地铁站里响起劳伦斯录制的那句警示语,但对当时的玛格丽特来说,这只是再普通不过的广播。

此后,机缘巧合,两人在一艘邮轮上相遇了。不久,他们便坠入了爱河，渐渐成为彼此生命中最重要的一部分。不过，随着两人年纪越来越大，劳伦斯的身体出现了问题，最终因病离开了人世。

丈夫过世后，玛格丽特总感觉心里空落落的，只有一件事，能带给她些许安慰，那就是去地铁站，听听丈夫的声音。

起初，地铁北线的很多地铁站都能听到劳伦斯录制的这句警示语。但是，随着地铁站广播系统的升级，最后，只剩下路堤地铁站还在播放。不过，对玛格丽特来说，有一个就够了。列车来了又走，广播播了又播。旁人听着冷冰冰的一句话，却是玛格丽特最温暖的慰藉。

可是，有一天，路堤地铁站也不再播放她丈夫的声音了。于是，玛格丽特写信给伦敦交通局，询问是否可以拿到丈夫这句警示语的录音。伦敦交通局的工作人员被她的故事打动，不仅为她找到了劳伦斯的录音，还决定给她一个惊喜——恢复路堤地铁站的旧广播。当玛格丽特再次在地铁站听到那句熟悉的"mind the gap"时，她的心中充满了感动。

一句普通的话语，会因爱情而显得格外动人；一则好的故事，也会因人们心中美好的情感而显得愈发熠熠生辉。

故事内外总关情

前段时间,听了个事儿。有一对工人夫妇去援非,夫妻俩开着辆货车要穿过一个人迹罕至的草原。车子开到一半,突然爆胎了。车上有工具和备胎,凭借丈夫的技术,几分钟便可解决问题。

正准备下车时,丈夫从后视镜里看见一头流浪的雄狮悄悄溜了过来。在非洲草原最炎热的季节,丈夫却惊出了一身冷汗。此刻丈夫心存幻想,也许过一会儿狮子就走了,可遗憾的是,狮子在车旁坐了很久都不动。

车里的干粮不足,更要命的是水不够。外面是四十多摄氏度的高温,车子里温度更高。夫妻俩汗如雨下,开始中暑脱水了,可狮子还是没有要走的意思。突然,妻子趁着丈夫不备,拉开车门跳下车,朝着远方跑去。雄狮霍地立起,一下子追了上去,将妻子扑倒……

丈夫痛苦地号叫起来,却无济于事。为了不枉费妻子的生命,丈夫用最快的速度换好备胎,然后发动车子,发疯一般地撞向雄狮……

后来，丈夫回国了，他的腰间多了一个铁盒，盒子里装的是妻子的骨灰。他此生不再续弦，而是去山里当了一个守林人，他只想安静地和"妻子"在一起。

听完这事，我心里久久不能平静。妻子为了丈夫能活下去，牺牲了自己的生命；丈夫为了这份夫妻情，搭上了后半生。本以为只有在故事中才会出现的事情，居然真的也会在生活中发生。

如今，生活节奏很快，人们总是被生存、发展及生活琐事牵绊，但我坚信，真情总是在人们心中的。试想如果人世间没有了真情，那么人类和最原始的动物还有什么区别？所以，当我们累了，不妨停下步，静下心，体会一下故事中的真情，感受一下生活中的温暖。

两张收据

我看过一个故事：有个叫美惠子的人，她的丈夫最近到北海道出差，回家时提了个很大的泡沫塑料盒子，里面装满了各种海鲜。孩子们见了，都高兴得欢呼雀跃。

美惠子问丈夫："这次真是大出血了，你没带多少零用钱，够用吗？"她知道，最近经济不景气，丈夫公司发的出差补助少得可怜，不会有剩余。

丈夫却乐呵呵地说："好不容易有机会去一次北海道，得让大家好好吃一顿海鲜。我这次出差可是吃了个够，北海道的海鲜真便宜！"

那天晚上，一家人吃了顿丰盛的海鲜大餐。可美惠子却闷闷不乐的，她看着丈夫，心想：这家伙，肯定瞒着我藏了私房钱。丈夫年轻时迷恋过赛马，但过了40岁以后就不赌了，难道他现在又偷偷捡回了老本行？

第二天，丈夫上班后，美惠子打开丈夫的旅行包，准备给他洗衣服。她把脏衣服拿出来，把包翻过来倒了倒，没想到从中掉出个小纸团。

美惠子疑惑地捡起来，发现是两张购物小票，可能是丈夫随手塞进包里的。她展开其中一张，发现那是一张海产市场的收据，居然花了整整一万两千日元。美惠子皱着眉，自言自语说："这些海鲜够贵的！就算是让大家一饱口福，也不该花这么多钱吧……"看样子丈夫的确在背着她赌博，把赚的钱偷偷存了起来。

美惠子叹了口气，展开第二张小票，只见上面写着："烤鸡罐头一个，方便面一包，点心一块。"美惠子一愣，看着小票上那些细小的字，眼角一热。原来丈夫在撒谎，嘴里说出差时吃了一肚子海鲜，实际上是用这些便宜的方便食品填饱肚子，只为了省下钱给家里人买海鲜。

美惠子眼前浮现出昨晚丈夫幸福的笑脸，轻轻地自语道："我不该怀疑你的，请你原谅。"她心中的郁闷顷刻间烟消云散，不由得笑了，但随即又哭了起来。

对美惠子来说，爱是相信；对丈夫来说，爱是付出；对他们一家人来说，爱是永无止境。

成为母亲

在这春光明媚之际，想跟大家分享一部让我颇受感动的影片。

影片开头，一个小女孩正对着镜子胡乱抹着口红，她的母亲看到后，随口说道："哎呀，怎么又弄成这个样子啦？"小女孩却满脸欣喜，不停地问："我好看吗？"母亲没有回答，拉起小女孩去洗脸了。洗脸时，小女孩很不配合，她看上去糊里糊涂，却又满脸天真。

之后，母亲让小女孩把袜子穿上，就去忙了。等母亲再过来时，发现小女孩脚上的袜子是反的。母亲感叹，成为一个母亲，比想象中需要更多的忍耐和理解，不过她会更努力的，因为她是母亲。母亲一边帮小女孩重新穿袜子，一边问："知道我们今天要去哪里吧？"见小女孩一脸疑惑，她又说："我们说好了今天去菜市场的呀！"小女孩这才想起来，笑着说："对啊，菜市场！我喜欢！快走吧！"于是，两人手挽手来到菜市场。小女孩说："我们去买糖饼吧！"

母亲说："怎么突然要买糖饼了？你不是不喜欢吃糖饼吗？"小女孩没说原因，只是央求道："去买嘛！"母亲没有拒绝，不过她和小女孩商量，要先去买一些酱菜。

就在母亲看酱菜的时候，小女孩不见了。母亲发现后，四处寻找，可都没有结果。母亲突然想起小女孩之前说要去买糖饼，于是立马冲到糖饼摊子前，果真找到了小女孩——她手里拿着一个糖饼，蹲在角落里，非常无助。母亲终于忍不住了，激动地对小女孩说："你为什么总让人担心呢？你怎么又喜欢吃糖饼了呢？"

"那个……"小女孩带着哭腔，吞吞吐吐道，"你不是喜欢吃糖饼吗？"

这时，镜头一转，影片中的小女孩变成了一个老婆婆。之前的片段——抹口红、洗脸、穿袜子……又都重新播放了一遍，不同的是，小女孩通通变成了老婆婆……

其实，这是一部关于阿尔茨海默病的公益短片，影片通过小女孩的行为来展现老婆婆患病后的状态，在各自真实身份揭晓的那一刻，催人泪下。老婆婆或许什么都不记得了，却仍不忘女儿爱吃糖饼；而真正的女儿之所以"成为了母亲"，其实是要成为母亲的母亲。影片动人，也引人深思。我想，像母亲对待孩子那样对待老人，无论他们生病与否，总不会留有遗憾。

妈妈没有口红

网上有个提问：女人最离不开的一件化妆品是什么？网友选择最多的答案是：口红。有人说，无论多么沮丧，女人只要涂上口红，就会恢复"战斗力"；也有人说，天底下恐怕没有不爱口红的女人。

我妈妈偏就不爱口红。

那时候，开始流行拍彩色照片，女士们的包里开始多了一个"秘密武器"，每当要拍照了，她们就拔开盖子，转一转，抹一抹，唇上的一抹红色，让人神采飞扬。而妈妈呢，总是偷偷咬着嘴唇，直到快门按下的时候才松口，这样唇色血红血红的，她说那叫独门秘诀。那时候，爸妈还没结婚，外婆不止一次暗示过爸爸，可以给妈妈买一支口红。爸爸每次都点头答应着，后来还真的攒了好一阵子的烟钱。直到妈妈生日那天，外婆把一个荷包蛋往爸爸碗里夹，笑眯眯地提醒爸爸是时候把"礼物"往外拿，可是爸爸"呼啦啦"干完了一整碗长寿面条，除了抹抹嘴巴，说声"好吃"，别无其他。后来，外婆把妈妈单独叫进房间，说这个男人有点"拎不清"，跟着他过日子一定没劲。妈妈也闹起了脾气："不就是没送口红吗？我又不喜欢口红，我最讨厌口红了！"

据说，那时候爸爸用攒起的烟钱，给自己买了辆自行车，28英寸的，骑起来还挺神气，外婆听说后可气得不轻呢！我问外婆："为何后来又同意爸爸妈妈结婚了？"外婆说，那一次爸爸骑车载妈妈回家，妈妈坐在爸爸身后，咬着嘴唇，两颊绯红，那模样竟然比抹了口红还好看……

那辆自行车爸爸一骑就是二十多年。那些年妈妈"三班倒"，爸爸不放心她走夜路，总候在车站等着载她回家；那年妈妈住院，爸爸学会了做饭，学会了给我扎麻花辫，他骑车给妈妈送一日三餐，也骑车接送我上下学……印象中，爸爸有了自行车就无所不能了。妈妈出院那天，爸爸慢慢地推着自行车，妈妈坐在后头轻轻地说："用给我买口红的钱买了自行车，挺划算！"那次，爸爸笑出了泪来。

爸爸走后，大多数东西妈妈都没有留，说怕看着难受，但她还是颇费周折地留下了那辆"老爷车"，她一直说，那是一支她最喜欢的口红。

秘密情歌

前几天和朋友在聊难忘的电影情节,我想到了下面这个故事,和大家一起分享。

儿子带着新婚妻子回家看望父母,晚上,一家人坐在一起吃饭,席间,说起家里一间专门用来收藏音乐唱片的屋子,儿媳就问:"父亲母亲收藏了这么多唱片,那你们之间,是不是有一首特别又浪漫的情歌呢?"

父亲听了,肯定地说:"没有。"

母亲没有说话,这个时候,儿子站起来说:"有有有,我小时候经常看见母亲一个人在听一首歌。我这就去找出来,大家一起听听。"

母亲想要阻止,可儿子已经上楼了。父亲满脸疑惑,直到儿子将唱片放进唱片机,音乐响起,父亲才突然想起什么来,脸上的表情也变得惊讶,不时看低头的母亲。

等到再晚一些，母亲在厨房给桌上的鲜花剪枝换水，父亲走到母亲身后，想了想说："那张唱片你什么时候买的？"母亲没怎么犹豫，一边修剪花朵，一边说："买了很久了啊，那天我带着儿子去那个女人家找你，听到你在房间里很开心地唱这首歌，什么'我要永远和你在一起'的，我不想打扰你，就带着儿子走了。第二天我就去唱片店买了这张唱片。"说着，母亲又把鲜花重新插进瓶子里。父亲的眼睛有些湿润，他看了看母亲，从花瓶里挑了一枝玫瑰，掰掉枝上的刺，递到母亲的手里。

这个故事中，儿子以为的那首属于父亲母亲的"秘密情歌"让我想到，平淡生活里的刺。爱人离开、亲人不在、工作受阻、理想艰难……有些刺痛既然不能避免，那我希望，每个人最终都能找到温柔化解生活真相的途径。

你是我的宝

最近在网上看到两部有关亲情的短片,皆在短短几分钟内,直戳人心,令人唏嘘,在此想与各位分享。

第一部是颇具魔幻色彩的动画短片。有一位母亲在家做包子,突然一个包子发出婴儿般的叫声,还长出了五官和手脚,变成了小孩的模样。面对从天而降的"包宝宝",母亲顿生怜爱之心,从此对他百般呵护,她带宝宝买菜、逛街、打太极,给宝宝吃饭、洗澡、量身高。在母亲无微不至的照料下,宝宝慢慢地长大了。有一回,他想和小伙伴一起踢足球,母亲怕他受伤,硬拉着回家了。事后母亲做了满满一桌的菜想哄宝宝,可宝宝毫不领情地出了门,留下母亲独自一人黯然神伤。接下来的日子,宝宝越来越不满母亲的保护,他想要自己的空间。直到有一天,宝宝带回家一个金发碧眼的女孩,并收拾好行李,准备和女孩在外组成一个新家。在百般劝阻无效后,母亲竟猛地抓起宝宝,一口吞进了肚子里!短片的最后,母亲哭着从床上醒来，蒙眬间看到自己的儿子回来了，这才发现关于"包宝宝"的一切不过是场梦境，她只是过于思念自己的儿子——那个长着一张包子脸的儿子。

第二部是充满写实色彩的泰国短片。这天，女孩回家很晚，妈妈生气地质问她："这都几点了？"女孩大声反驳："我已经回家了，不是吗？"妈妈眼里噙着泪："我很担心你啊！"女孩一肚子的不满："你能给我点私人空间吗？"女孩一气之下离家出走，身无分文，饥肠辘辘。这时，有位小吃摊主叫住了她，说要给她做点吃的。女孩问摊主为何如此善良，摊主淡淡地说："我并不善良，有一个人比我善良得多。"说着，她端上一盘热气腾腾的饭，"快吃吧！蛋炒饭没放洋葱！"女孩诧异地问："你怎么知道我爱吃这个？"摊主叹息着告诉女孩："刚才你妈妈给我看了你的照片，并留下了钱，说如果看到你，就给你做这个，但不要放洋葱。"女孩顿时泣不成声。

这两部作品用截然不同的表现手法，淋漓尽致地展现了似曾相识的中国式亲情，父母用满满的爱包裹子女，换来的却是子女的不满甚至逆反。身为父母，不妨适时放手，让孩子活出自我；为人子女，多点感恩陪伴，让父母不再孤寂。

念念不忘，必有回响

王家卫的电影《一代宗师》里有一句经典台词：念念不忘，必有回响。出处众说纷纭，有一版解读最得我心："世界是个回音谷，念念不忘必有回响，你大声喊唱，山谷雷鸣，音传千里，一叠一叠，一浪一浪，彼岸世界都收到了。凡事念念不忘，必有回响。因它在传递你心间的声音，绵绵不绝，遂相印于心。"

我想，很多人都会对某些物、某些事、某些人有所想念，那么世界是否真的会回应、继而成全这份想念呢？

有一个网友分享了他的真实经历：

中学时，男孩暗恋一个同班女孩。男孩住校，女孩走读。

男孩最开心的事就是：晚自习后跑出学校，远远跟在女孩后面，偷偷送她回家。

女孩回家的路要经过一个铁路道口，过了道口就差不多到家了。男孩从来不敢跟过道口，每次都是看她走上路基，跨过一条铁轨，踩一脚枕木,再跨过另一条铁轨,慢慢消失在视线里……

有一晚刚下完雨,空气中弥漫着山茶花的香味,头顶的月亮也格外皎洁,照着湿漉漉的大地。男孩居然想跟着女孩跨过那个道口,但他前脚刚踩上路基,女孩就回头了,说:"前面就到了,别送了。"男孩心说:原来她早知道了。他一边回味着这句话,一边迷迷糊糊地回了学校……

毕业后,大家各奔东西。男孩辗转不同的城市,他偶尔会想起女孩,也会问自己:如果当年胆子再大些,会有怎样的不同?

十年后的一天,男孩接到一个同学的电话,两人闲聊了几句,竟聊到了女孩身上,同学留下了女孩的联系电话。就这样,男孩女孩又联系上了。原来他们俩现在居然在同一个城市,住所距离不超过两百米。也许他们曾经擦身而过,也许他们曾经挤在同一辆公交车上,也许他们曾经在同一家电影院看电影……

很快,男孩女孩见面了,谈恋爱了,结婚了,过上了幸福的小日子……后来,男孩是这样总结他们的恋爱故事的:"念念不忘,必有回响,当然得经历必要的等待。"

此刻,你是否也有所想念?

世界再大，也要回家

最近，有这样一个故事被疯狂转发：一个男人回老家过年，母亲拉他一起去买鸡蛋。她特意说，要去离家较远的超市买。男人纳闷了，问为什么不在附近买。母亲说："远的那家超市的鸡蛋便宜，三块二一斤，比附近这家便宜两毛钱呢！"

男人心里不以为然，但仍乖乖地跟着母亲走。两人走到路边，男人正准备打车，母亲拦住他，说要坐超市的免费班车，这样省车费。男人无奈地同意了。母子俩在超市买了十斤鸡蛋，母亲又拉着男人去休息区坐好，说："我们再等一个小时！"男人惊讶地问："一个小时？"母亲点点头，因为下趟免费班车还要等一个小时。

男人的心头蹿起了火苗，他默默地计算着：从出门到现在，他们共用了四个小时，放在公司里，他可以用四个小时的时间，创造出上万元的价值。母亲呢，也掰着手指头在算："一斤鸡蛋省两毛钱，十斤鸡蛋省两块钱，来回的车费，两人省四块钱，加起来共省下六块钱。"她一边算,一边露出了开心的笑容。男人看着她的笑容,心里的不快烟消云散。他怎么忘了,母亲正是用这一块两块攒下的钱,拉扯自己长大,供自己读书。没有这一块两块,又哪来现在的一万两万呢?

　　这样一个故事,日常、平实,发生在他身上,也发生在你我身上。我们常常会计算,得到了多少,失去了多少,但是却忘记了,那些最珍贵的是无须也无法被计算的。所以,总有那么一扇门,为我们敞开;总有那么几个人,为我们守候。所以,世界再大,也要回家。

相同的快乐

有些孩子生而不同,是爱让他们体会到了与常人相同的快乐,下面这则故事中的男孩便是如此。

男孩的左手大拇指上长了个第六指,他第一天上幼儿园,就被小朋友嘲笑了。男孩的爷爷安慰他说:"宝贝,爷爷的左手大拇指从你出生那天起就开始睡觉了,到现在都不肯起来。"爷爷边说边伸出左手,把大拇指蜷在掌心,然后和男孩的左手合在一起,正好十个手指,不多也不少。

男孩见了,开心地笑了,觉得自己的第六指担负着重大的责任。爷爷自从对男孩说过沉睡的大拇指后,他左手的大拇指就一直蜷曲在掌心。

五年后,当医生要切除男孩的第六指时,他却大声抗议:"这是帮爷爷长的手指,怎么能切除呢?除非爷爷的大拇指醒过来。"可爷爷的大拇指常年蜷曲在掌心,已经变形萎缩了。当爷爷知道男孩拒绝手术的原因后,他用纱布把大拇指缠住,告诉男孩他的手指已经睡醒了。男孩这才听话地动了手术。

沉睡的大拇指包含着爷爷的爱,让男孩重开笑颜,也给了他完整的童年。在下面这则故事中,传递爱心和快乐的则是一位魔术师。

这天,魔术师怀特在餐厅里,为顾客表演小魔术助兴。他拿出扑克牌,邀请一位女孩和他一起变个小魔术。女孩的父亲提醒怀特,他的女儿温蒂眼睛看不见。"没关系,我觉得她有特异功能!"怀特坐到温蒂对面,告诉她,"扑克牌的花色不是红的就是黑的。我抽出一张牌,你感应一下,然后告诉大家,到底是红的还是黑的。"温蒂听后,点了点头。

怀特抽出一张黑色的梅花K,问:"这张牌是红的还是黑的?"温蒂大声回答:"黑的!"接下来的几张牌,温蒂也都毫不迟疑地答对了花色。她的家人一个个目瞪口呆,不敢相信眼前发生的这一幕。

其实,怀特早就自创了一套用脚在桌子底下与人交流的暗语。他的脚在他说"红色"时轻轻碰了一下温蒂的脚,说"黑色"时碰了两下,然后重复相同的动作,直到温蒂点头表示懂了,于是魔术开始。

这件事对温蒂来说意义非凡,那一刻她不仅自己无比地快乐,而且在家人面前大放异彩。

一盏南瓜灯

十岁时,小宇跟随妈妈移民美国。

小宇适应力强,英文很快就熟练起来,没多久,基本能听懂老师上课的内容了。而小宇妈妈呢,她英文不太好,说起来总是磕磕巴巴的。

随着时间的推移,小宇的英文越来越地道,在家里讲话也开始中英文夹杂,可对妈妈的态度却变得生硬起来。一次,妈妈想让小宇帮忙翻译什么,他却嫌弃地对妈妈说:"你天天待在家里,怎么不抽空学学英文呢?"妈妈听了,落寞地低下了头。

小宇觉得和妈妈的交流越来越困难,母子之间被一道看不见的墙给隔开了。

这一年的万圣节到了,学校让每个同学带一盏南瓜灯来布置教室。小宇回到家,找了个小南瓜,笨拙地刻了起来。妈妈远远地看着小宇,眼神里有些好奇。夜深了,小宇的南瓜灯还没刻好,他沮丧地把刀一扔,赌气地上了床……

　　第二天醒来,小宇惊讶地发现,床头柜上摆放着一个异常精美的南瓜灯。南瓜灯上雕刻出一个女人,她牵着一个小男孩的手,小男孩手里还捏着一串糖葫芦。小宇一下子想起了小时候,妈妈拉着自己的手,给自己买糖葫芦吃……天啊,这是妈妈熬夜给自己刻的南瓜灯!

　　给食材雕花,这其实是妈妈的绝活。胡萝卜在妈妈手里变成玫瑰,橙子皮在妈妈手里变成蝴蝶,黄瓜在妈妈手里能变成一条龙。妈妈在移民前是厨师呀!

　　妈妈做的南瓜灯为小宇挣足了面子,美国同学纷纷惊呼:"宇,你妈妈太厉害了!"小宇害羞地低下头,他直到这时才明白,妈妈把原本属于自己的宝贵时间,都给了他。他却指责妈妈不学英文,选择疏远妈妈,妈妈该多伤心呢?

　　回到家,小宇跑进厨房,给了妈妈一个大大的拥抱。妈妈惊讶地问:"怎么啦?"小宇动情地说:"妈妈……我爱你!"接着,他又带着羞涩的语气说,"妈妈,你雕的南瓜灯真棒,能教教我吗?"妈妈的眼圈红了,她什么也没说,只是微笑着点了点头……

在故事里讲秘密

有人讲故事给你听,还不算稀奇;有人在故事里讲秘密给你听,那才稀奇。你听过几个秘密?我听过这么一个……

有位年过八旬的老太太,个子小小的,虽然没读过多少书,可年轻时也是厂里出了名的知性女子。退休后,老太太就和女儿一家同住,女儿平时和老太太是无话不谈的,可不知从何时起,她开始有了"秘密"。

那是个六月天的上午,老太太去家对面的银行取了些现金,然后回家,也就不过一顿饭的工夫,放钞票的钱包却找不到了。老太太急得把抽屉翻了个底朝天,还是没有。女儿却显得很淡定,劝老太太先去午睡,等睡醒了再找也不迟。趁老太太摇着蒲扇慢慢睡着,女儿却来到冰箱前捣鼓起什么,然后又蹑手蹑脚地走到老太太的柜子前,慌慌张张地把一个东西往抽屉里塞。那是个暗绿色的东西,正是老太太的钱包……

母亲对我说过，那是她的一次"秘密行动"，可我常常问她："妈，您为什么不告诉外婆真相呢？"母亲总是认真地冲我摇摇头，却笑而不答。

几个月后的一天，老太太又去那家银行取钱，可是出了银行，她却站在马路边愣了好久，忽然，她蹲在地上默默哭红了眼。有个好心的姑娘路过，问她怎么了。老太太揉了揉眼，说："姑娘，你能送我回家吗？我好像不认得路了……"

姑娘把老太太送到家，想帮她敲门，老太太捏着姑娘的手说："一会儿我女儿来开门，你就说你是新邻居，可别说我迷路了，我女儿知道会难过的……"

后来，母亲告诉我，那不是外婆第一次把钱包"存"在冰箱里，她有时会把冰箱当成柜子。母亲说，外婆聪慧了一辈子，她知道自己病了，会难过的。

我的眼底有点起雾，我知道，这也是我的秘密了。因为我从来没有告诉外婆，那天送她回家的"邻居"姑娘，就是她的外孙女。

最温柔的秘密，就在故事里。这样的秘密，我有，你有，他有，你手里的这本小册子里，也有……

真情本无语

路易是美国著名脱口秀演员，同时，他也是一个单身父亲，独自抚养八岁的女儿。

这天，路易接到了一个任务，他要去战区进行慰问演出。临行前，女儿手捧自己养的小黄鸭，央求爸爸带上它，说可以保佑爸爸平安。路易笑着拒绝了，对女儿说："宝贝，爸爸要去很危险的地方，没办法带它一起去的哟！"

慰问演出很成功。演出结束后，路易和几个演员准备打道回府。由于在战区，所以他们要等直升飞机来接他们走。

路易是个好奇心很强的人，他趁候机的空当，去附近转了转，没想到误打误撞，与一行本地人狭路相逢。本地人一看路易有张美国人面孔，当即起了警戒之心。几个妇女一边讲本地话，一边用手飞速比画，路易则结结巴巴地说着英语、打着手势，对方却一句也听不懂。路易这时才发现，尽管自己是吃开口饭的，平时随便讲一个段子就能逗笑上千人,但面对语言不通的情形,他也毫无办法。

情况愈发混乱,几个高大的壮丁冲了过去,一把推倒了路易,路易惊慌失措,说话的嗓门也更响了。有孩子见状,开始哭了起来。

眼看肢体冲突在所难免,奇迹发生了。一只小鸭子跌跌撞撞地从路易开了口的背包里走了出来,摇摇摆摆地晃到了众人中间。路易和本地人都愣住了。几个妇女和孩子迅速地跑了过去,小心翼翼地捧起毛茸茸的小鸭子,露出了惊讶的笑容。几个壮丁见到小鸭子,竟也露出了孩子般天真的微笑。本地人带有敌意的表情消失了,他们笑嘻嘻地看着路易,那表情似乎在说:"我们明白了,你是个好人。"

等路易回到家,他的女儿揭开了这个秘密。原来,她趁爸爸出发前,偷偷把小鸭子藏进了路易背包深处。这只小鸭子的生命力竟然那么强,而且在关键时刻,化解了一场语言不通带来的危机!

有些东西,无须语言解释也能打动人心,产生共鸣,化解矛盾。真情本无语,尽在不言中。

真情的痕迹

近日看到一篇故事，觉得很有意趣，在这里和大家分享。

开始是一对父子之间的故事。儿子送给父亲一瓶形态奇特的酒，它的瓶身不像一般酒瓶那样规整，而是瓶颈略微歪向一边，瓶身下部还有一处像是手指捏出来的凹痕。父亲举着酒瓶看了一会儿，和儿子打趣说："这瓶酒不像法国的，倒像意大利的。"儿子问："为什么？"父亲笑着说："你看这歪斜的酒瓶，多像意大利的比萨斜塔。"

于是儿子给父亲讲述了这法国著名的葡萄酒——香奈干红的故事。在1985年，香奈干红葡萄酒创始之初，法国大酒窖集团的总裁约瑟夫先生就想设计一款独特的酒瓶，让人耳目一新，绝不会混同于其他任何品牌的葡萄酒。他亲自操刀设计，可尝试了很多方案都不满意。

有一天，约瑟夫先生翻阅资料，看到这样一个故事。有一个技艺精湛的玻璃工匠，从未失手，制作出的玻璃制品个个都是精品。

可有一天他的妻子不幸意外去世了，工匠陷入了巨大的悲痛中，再也制作不出像从前一样精美的作品来了。有一次他喝醉了酒，制作一个最简单的玻璃瓶子，竟然把瓶颈做歪了……

这是一个悲伤的故事，让人唏嘘。而约瑟夫先生从中得到了启发，构思出了一款造型独特的酒瓶：深沉的黑色玻璃瓶体，瓶颈歪向一边，瓶身有一处凹陷。这看上去"做坏了"的瓶子，却似乎还留有一双手的温度——颤抖着的，因爱情而失去了控制的手。这样的造型也让酒瓶更适宜把握，不会滑脱，拿起来时，瓶颈就向人倾斜过来，瓶中美酒似乎已经迫不及待地要流出来。这样突破传统的设计独具特色，让人过目不忘，因此屡屡获奖，香奈也由此成为世界销量第一的法国葡萄酒品牌。

亲爱的读者，你们一定也发现了，我讲述的这个故事，其实是三个小故事，它们一个套着一个，其中工匠的故事，着实充溢着工匠对妻子的真情。而这也正说明一则能够让人们口耳相传的故事，必定是打动人心的，不必刻意，就会在人们心中留下痕迹，就像真情在香奈酒瓶上留下的痕迹。

真相背后有真情

先介绍一个日本落语段子，叫作"火灾儿子"。故事中，大商人的儿子是个浑身刺青、一直给父母添麻烦的消防员。而消防员在当时的日本，是不被人视作正业的。父母为此跟他断绝关系，放弃了他。然而有一天，他家的店铺突发火灾。儿子赶到现场救火之时，发现了令人震惊的事实：原来他的父母一直想见儿子，这次不惜点燃了自己宝贵的店铺……

当我把这个故事讲给朋友听后，她的反应是：这对父母为什么不早点说出真相？是的，早些说就能避免火灾的悲剧。

当然，有些故事中，真相却不能过早地被说出，比如下面这则。

这个故事发生在欧洲的一个小镇上。约翰先生是一位退休教师，62岁那年，他被原先的学校聘回去，做一些内务管理工作。

同事发现，约翰先生很健忘，他每天到办公室的第一件事，便是给妻子打电话："露娜，我的药忘在家里了，请帮我送过来。"半小时后，露娜出现在办公室，她的表情有些愤怒，很不友好地把药递给约翰先生。看着他吃完药，露娜拂袖而去，也不跟其他同事打招呼。同样的场景，几乎每天都在发生。

两年后，约翰先生向学校提出了辞职。临别之际，同事嘱咐他保重，别忘了按时吃药。他笑了，这才道出了"健忘"的原因。

原来，露娜在两年前患上严重的神经官能症：暴躁、易怒、自闭、厌世。任凭约翰先生怎样精心照料、带她求医问药，都不见好转。无奈之下，他想出一个办法。

约翰先生要求校长再给他一份工作，这样，他每天就必须在家以外的地方吃药。他有先天性心脏病和高血压，年轻时发作过几回，幸好有露娜的用心照顾才有惊无险。这么多年了，虽然他的病未再犯过，可这一直是露娜的心事。他通过忘记带药的方式，让露娜走出家门，走在阳光下，利用她的爱，重新唤起她的责任心和对生命的热情。如今，露娜已经康复，约翰先生该回家和她一起安享晚年了。

当真相披露后，有时令人唏嘘，有时却能温暖人心。因为这些已不仅仅是故事的情节，更充满了真情的力量。

最好的礼物

最近我看到一则感人的故事：一个叫爱莉的女孩与妈妈相依为命。这天是爱莉的生日，吃了晚饭，妈妈说家里的收音机坏了，她要去问邻居借一个来听。爱莉拉着妈妈的手，说："您还是别出去了。"

妈妈笑着抱住爱莉，说："你一定以为妈妈把你的生日忘了。放心吧，妈妈马上回来，你乖乖等着，今天会有个令你惊喜的节目。"说着，她转身出门了。

爱莉知道妈妈为什么要借收音机。妈妈下班前，家里收到一封退回的信，是妈妈写给电台的。她在信里写道："您好，下周三是我女儿的生日。我希望您能在下周三的电台生日问候节目中这样说：'新泽西市的爱莉小朋友，今天是你11岁的生日。你是个勇敢而乐观的女孩，祝你生日快乐。'"

电台却回复说，下周起生日问候节目取消了，对不起。

妈妈没有看到退信，她还想着给爱莉一个惊喜。爱莉不想让妈妈失望，那现在该怎么办呢？这时，妈妈捧着收音机回来了，她打开收音机，说："节目还有二十分钟开始，爱莉，你好好听着。"

爱莉紧张极了，过了一会儿，只听播音员说："本来我们打算取消生日问候节目……"爱莉一听，立刻来了精神：这么说，计划变了！可是妈妈的信怎么退回了呢？莫非在他们改变计划之前，就退回了信？她转念又想：或许他们已经把我的名字记下来了。

节目开始了，爱莉屏住呼吸，仔细地听着，可是名单念完了，没有她的名字。爱莉失望极了，流着泪转头看妈妈。

然而，妈妈已经睡着了，她的脸上带着微笑。爱莉一愣，马上擦干眼泪，摇了摇妈妈，大声喊道："妈，您听见他说什么了吗？"

妈妈醒了过来，带着歉意说："什么？天啊，我怎么睡着了，他说什么了？"

"他说我是勇敢而乐观的女孩，祝我生日快乐。哦，妈妈！"爱莉把头埋进了妈妈怀里，妈妈开心地笑了。

我想把这则故事献给天下所有的女性，希望你们永远保持一颗柔软而乐观的心。

智 慧

智慧往往藏于生活,却也时常显于故事,使人明辨是非,而后幽幽一叹。

爱的约定

大君平时工作挺忙的，陪家人的时间并不多。这天，他抽空去探望独居的老母亲，母亲见到儿子十分惊喜，连忙下厨房张罗了一桌子饭菜，虽然累得腰酸背痛，但还是藏不住脸上开心的表情。

大君看在眼里，很是心疼，他暗下决心，一定要找时间好好陪陪母亲。他想了想，和母亲约定下次一起去泡温泉。母亲很高兴，连连点头答应。

大君郑重地把这个约定写了下来，贴在了母亲家墙上的备忘栏里。

这天，大君的母亲接到一个电话，儿子语气和平时很不一样，他说自己工作上遇到了一些麻烦，急需一笔钱来周转。母亲担心儿子，答应尽快打钱过去。就在母亲准备放下电话的时候，她抬头看到了墙上的备忘栏，她问道："我还有最后一个问题，上次你和我约定带我去哪里来着？"电话那头的人一愣，再也没了声音。

原来，大君在写下和母亲的约定时，还备注了一行红字：遇到可疑电话，就问对方这个问题吧。

这是一个谨防电话诈骗的公益短片，是好友小慧分享给我的，她说她很受启发。小慧的妈妈也独居在异地，前段时间妈妈眼疾复发，不但家务活干不了，手机、电视也看不得，愁得老人家整天唉声叹气的。为了安抚妈妈，小慧和她约定，每天打电话回来给她讲故事。那些花样百出、精彩纷呈的故事情节把妈妈深深吸引住了，简直欲罢不能。有时候，小慧没来得及讲完的故事结尾就成了妈妈最大的牵挂，等到下一次电话一来，妈妈连对女儿嘘寒问暖都省了，非得催着她先把上次的故事讲完才罢休。

小慧说，从那时起，故事就成了她和妈妈之间的约定，让她们母女俩津津乐道的故事就成了她们之间的"接头暗号"，这法子好用得很。

嗨，选个故事给你在意的人吧，来和他们一起分享最美好的时间，也来个爱的约定，护他们周全。

爱是良药

艾伦四岁时，被确诊为"孤独症"。这种病症，没有特效药物能够治疗。艾伦缺乏和人交流的兴趣，面对妈妈持续不断的关爱，也从没流露过感激。

一转眼，艾伦成为大男孩了，他唯一的爱好，是做小木片。

艾伦把木板锯成小块，精心打磨光滑，做成尺寸完全一样的小木片。每个木片上，用小刀刻出奇怪的花纹。艾伦把做好的小木片平摊在地板上，排列得整整齐齐。

这天，新搬来的邻居来家里拜访，他看到艾伦做的小木片，好奇地拿起一片看了看，然后随意地把它放在一旁。艾伦见了，情绪忽然激动起来，"咿咿呀呀"地想说些什么。原来，艾伦有一个特点，他摆放物品有一套自己的规则，如果被别人打乱了，就会急躁不安。邻居弄乱了木片的顺序，刺激到了他。

邻居费解地问艾伦妈妈："这孩子怎么了？"艾伦妈妈不想去

解释艾伦的特殊,她赶紧岔开话头,回避了邻居的问题……

不久之后,艾伦妈妈结识了一个孤独症专家。专家听说艾伦喜欢专注地做小木片,很感兴趣,提出去看看艾伦。

到了家中,专家拿着艾伦做的木片,左看看、右看看,忽然欣喜地说:"这位太太,艾伦在木片上刻的是字母!只不过,字母都是反的,拼写顺序也是颠倒的。"艾伦妈妈惊讶地瞪大了眼睛。接着,专家尝试着翻译了几块木片上的单词:艾伦、爱、谢谢、妈妈。

艾伦妈妈激动地一把抱住艾伦,对他说:"宝贝,妈妈也爱你,你刻的这些木片,是送给我的,对吗?"艾伦还是面无表情,但这次,他眨了眨眼睛,把脑袋靠在了妈妈的肩头。

这之后,如果再有人问"这孩子怎么了",艾伦妈妈总会说:"艾伦是个善良的孩子,只是他表达爱的方式比较特别,仅此而已!"

面对生命的困境,爱是慰藉心灵的良药,也是人生故事中永恒不变的主题。

半枚创可贴

有一对小夫妻开了一家文具店，店里生意忙，就请了婆婆来帮忙。婆婆来自贫困农村，每天忙前忙后，从不叫苦。

文具店给客人包装礼物，经常要用到带铁齿的胶带座，一不小心，手指就会被铁齿割伤。这年冬天，女店主和婆婆的手指都受了伤。铁齿十分锋利，伤口从外面看不大，其实却很深，牵扯时会感觉到明显的疼痛。婆媳俩都在伤口上贴上了创可贴。

女店主很忙碌，除了看店、上货、包装、贴标签，还要洗衣做饭、打扫卫生……没多久，原本服帖的创可贴就会变得又脏又软，无法提供对伤口的保护。女店主每天至少要换四枚创可贴，早上、中午、下午和睡前各换一次。一盒一百个装的创可贴，只要十几元，女店主觉得多换几次也无所谓。

直到有一天，女店主的老公对她说："你看咱妈是怎么贴创可贴的……"

女店主留心观察了一下，她看到，婆婆贴创可贴时，会用剪刀把创可贴横向从中间剪开。因为创口很小，所以婆婆每次只贴半枚创可贴。而那另外半枚创可贴就一直放在盒子里，直到两天后，婆婆才换了一次创可贴。

女店主仔细考虑后，采取了这样的处理方式——从这天起，她每天少贴两枚创可贴，然后在自己更换创可贴时，先给婆婆换上一枚新的。

婆婆很开心，每次都感慨良久……

这是我在网上看到的一个真实故事。女店主的行为获得了许多点赞，但也有人不解，为什么不直接让婆婆也换四次创可贴呢？女店主回答：对婆婆那样贫穷了一辈子、节俭成性的老人，大惊小怪地问她为什么不多换几次创可贴，可能是一种难堪的伤害。

每个让人点赞的故事，都蕴含着生活的智慧和体贴入微的善意。

捕捉生活的细节

近日在网上看到这样一则故事,觉得挺有意思,拿来与读者分享:

有一个姑娘马上要订婚了,她到商场采购了一大堆价值不菲的东西,全部放在一个箱包里。出了商场,她叫了一辆出租车,把那个箱包放在了出租车的后备厢里,然后坐在了副驾驶座上。

然而下车时,姑娘竟忘记从后备厢里取出箱包,等她想起来时,出租车早没了影。她没有要发票,更没有记过车型和车牌号,眼看两天后就是订婚日了,姑娘急得像热锅上的蚂蚁,不知如何是好。她的男友得知此事后,好言安慰了她几句,然后嘱咐她,先不要声张。接下来,他们瞒着长辈,买了些替代品,顺利完成了订婚仪式。

等订婚仪式一结束,两人沿着那天的行车路线步行。坐出租车之前,姑娘曾给男友打过一个电话,因此,时间和地点,他们都确定了。沿途有几十家店,他们一家一家前去拜访,请求对方帮忙提供监控录像。

即便如此,要在这么多的监控录像里,找到那辆一闪而过的出租车,换作普通人,恐怕是不可能的。可姑娘的男友仔细辨认了每一段录像的每一处细节,通过计算时间、辨认副驾驶座女乘客的侧影,最后,他锁定了一辆车。

他把这辆车的影像翻拍下来,带回家细细研究:在车的右侧门上,有四个模糊的字,应该是出租车所属的公司,而在这四个字中依稀有个"一"字,范围一下子缩小了很多;接着他再辨认车型、号牌……要知道,这个城市有一万多辆出租车,他最后锁定的那一辆,居然准确无误!

有一首民谣是这样说的:丢失了一个钉子,坏了一只蹄铁;坏了一只蹄铁,折了一匹战马;折了一匹战马,伤了一位骑士;伤了一位骑士,输了一场战斗;输了一场战斗,亡了一个帝国。正所谓,成也细节,败也细节。故事中的男主人公之所以能找到那辆车,除了他处变不惊的心理素质,更在于他对整个事件所有细小环节的精准把控。

这是一个细节制胜的时代,无论是对于生活、对于工作,还是对于我们的故事,都同样适用。

故事的力量

酷爱看美剧的朋友考我一个问题："如果你是律师，你的当事人是一个有很多案底的惯偷，警察当场在他身上搜出了失主的钱包，然而他声称自己的钱包也长这样，所以他是误拿。你会怎么帮你的当事人辩护呢？"

我说这太难了，这个当事人恐怕是洗不清了。朋友却说，美剧中的律师主人公就解决了这个难题，成功地为当事人进行了无罪辩护。我好奇地问是怎么做到的，朋友笑道："她只是对陪审团讲了一个故事——"

"在我小的时候，有一天看到自己的狗弗莱德叼着邻居家的兔子进来，而兔子已经死了。我马上意识到，弗莱德咬死了那只兔子。为了保护它，我决定隐瞒下来，所以我把兔子洗干净、毛吹干，放回了邻居家的兔笼，我想这样就没人知道了。可第二天，邻居来我们家说了件趣事，他们说，自己的兔子三天前就死了，他们把它埋到树林里，可不知哪个神经病，把兔子挖出来、洗干净又放回了笼子。这时候我才知道，是自己错怪了弗莱德。

"表面看来最符合逻辑的，最后却不是真相。这起案件，表面看来是我的当事人偷了钱包无疑，但我们所有人都无法百分之百确定，他不是误拿……"

这段辩论情节让人感受到"故事"的力量。有时候，数据和事实并不能博得人们的认同，而一个引人入胜的故事却能让人沉浸其中。不论是日常社交还是职场，只要你想影响他人，会"讲故事"，都是一种不可或缺的核心能力。

曾有人讨论，当女朋友问"为什么爱我"时，该怎么回答效果才最理想。最佳答案不是赌咒发誓，而是采取讲故事的方式："去年有段时间我工作压力很大，经常失眠，没有食欲，还老跟你发脾气。有天早上，我昏昏沉沉地起床，看到你在厨房，一边用手机查菜谱，一边帮我做早餐。后来，你把做好的鸡蛋饼端给我的时候，我暗暗发誓，一定会爱你一辈子……"

故事的魅力就在于，它不会敲着我们的头指指点点，而是将事实娓娓道来。

故事相伴,直到云开雾散

我认识一个居委老干部,他工作几十年了,处理了无数家长里短的事情,好像天底下没有他解不开的结。有一次,我们聊天,我对他的工作方法很好奇。他笑了笑,给我举了个例子。

有一户人家,夫妻俩从贫穷时一起奋斗,直到家财万贯。后来,男人沾染上赌博恶习,败了家产。丈夫悔恨不已,同时也很沮丧,妻子则差点气疯了,坚决要离婚。老干部找到他们,说了一个故事:有一个女人,男友抛弃了她,她承受不住打击,去投河自尽。这时,一个打鱼的老头把她救上船,知道原委之后,老头说:"活着,你还有希望;放弃的话,你的失败就成定论了。"女人没有答话,老头接着说:"你认识你男友前,是什么样子的?"女人说:"两年前,我还不认识他,那时候我无忧无虑。"老头接着说:"你就当我这艘小船可以穿越,现在回到岸上,就当回到两年前不就行了?"女人恍然大悟,连忙鞠躬。

居委老干部把故事讲完的时候，那对夫妻沉默不语。后来，他们又重新开始，再一次成功。夫妻俩经过这个波折，感情比以前还要好，事业比以前更加成功，因为他们经历了风浪，懂得珍惜感情，更懂得淡然面对挫折。

那一次，居委老干部尝到了甜头，他觉得那些干瘪苍白的说教，对于劝人毫无作用，于是，他读了很多故事，也编了很多故事。他把讲故事当成了自己的工作特色，因为他觉得，故事更能走近人，走进人。

我们每个人的每一秒钟，都是故事；每个流传于世的故事中，都有我们。故事中的快乐和悲伤，成功与失败，我们终会经历。也许在某个时候，你读过的一篇故事能为你疗伤；也许在某个地点，你读过的某个故事能救他人。

"人生代代无穷已，江月年年只相似。"这真的是仅仅在描写景物吗？如果说"人生"指的是我们每个人经历的过程，那么说"江月"是故事中的道理，这再贴切不过了。正确的道理，永远不变。

故事有娱乐的成分，但如果把故事的价值仅仅定义在消遣，那真是暴殄天物了。多读读故事吧，从中汲取营养，遇到困难的时候，会有故事中的人物与你有一样的遭遇，这个人会陪着你，这个故事会陪着你，直到云开雾散。

加点智慧的料

最近,社里在做一套丛书,有关56个民族的民间故事,这些故事包括创世神话、地方风物传说、动物寓言等,其中,最让我感兴趣的便是机智人物故事,今天我也想分享一个。

以前有个恶霸,想要霸占一个老人的田地,于是污蔑老人道:"你把我宝马的马角打没了!三天之内不给我找回来,就拿你这块田顶上!"三天后,恶霸带着随从来到老人的家,看到门口挂了一串肥大的泥鳅,不禁口水直流,叫叫嚷嚷。老人的儿媳妇亚花闻声走了出来,说:"你们刚才大呼小叫,把我们泥鳅的宝鳞给吹飞了。不给我们找回来,我们决不赔田!"

恶霸一听就光火了,叫嚣道:"自古以来泥鳅哪里生鳞?"亚花回敬道:"那也从没听说马是有角的。"恶霸自知理亏,灰溜溜地走了。

就这样,聪明的亚花巧妙地解决了难题。我还听说过一个发生在台湾的故事,也有异曲同工的妙处。有个患者因为突发疾病去医院诊治,被医生告知需要尽快手术。被收治住院后,他的儿子赶忙打听了主治医生刘主任的情况,结果了解到刘主任的手术技术并非最好,况且年事已高,唯恐体力不支,再生风险。而他的学生梁医生则年轻有为。患者儿子赶紧去找梁医生,却被对方以"不好抢走老师的病人"为由,婉拒了。

患者的儿子又沮丧又苦闷,后被人提醒,发现刘主任比较迷信,于是找到对方,说:"刘主任,您看,从我爸爸的五行来看,贵人在水、木,凶煞在金,逢水、木则大吉,遇金则诸事不顺。可刘主任您姓名带金(繁体字'刘'字的拆解),恐怕不宜。"刘主任犹豫了半天,才说:"不是说贵人在水、木吗?我有个学生姓梁,有水又有木。"就这样,患者如愿以偿。

你看,没有过不去的坎儿,多运用智慧,就一定能找到解决问题的方法。读这类故事,读者能从中学到处事的智慧;创作故事,我们不妨加点智慧的料,故事也能更奇妙。

救命的一句话

前不久,一位英国妈妈在网上分享了她的遭遇:两个儿子险些在她的眼皮底下被绑架。

这位妈妈名叫乔迪,事发的早晨,她本来要送10岁和8岁的儿子去上学,但在出发前,她的肚子突然疼痛难忍,乔迪只好带上两个孩子一起去医院。

到了医院后,乔迪联系邻居,请他过来帮忙送孩子去上学。邻居家离医院只有5分钟路程,乔迪嘱咐两个孩子坐在诊室门口的长凳上等着,自己就先去看医生了。

5分钟过去了,孩子们没等到邻居叔叔,却来了三个陌生的大人。其中一个女人对他们说:"小朋友,我的男朋友躲在厕所里不肯出来,因为他不敢看医生,你们能不能帮我一个忙,去男厕所找到他,让他出来,告诉他医生会治好他的病。"

两个孩子毫不犹豫地拒绝了。女人还不死心,继续劝说:"告诉他出来就没事了,这样你们就救了他的命呀!"两个孩子的态度更强硬了,回应说:"不行。"

正当三个陌生人围着孩子想继续劝说时,邻居叔叔赶到了,两个孩子赶紧跑到了叔叔身边。孩子们留意到,他们还没走远,厕所里的那个男人就走了出来,和他的三个同伙扬长而去。邻居报了警,警察调取监控录像,确认那四个人就是之前一起儿童绑架案的嫌疑人。

乔迪的这段经历在网上广为传播,最为人们所称道的是,故事中蕴含的育儿新观念。传统观念会教孩子"不要和陌生人说话",然而孩子们难免会遇到和陌生人打交道的情景。而乔迪的两个儿子之所以在关键时刻能如此冷静,正是因为妈妈曾告诉过他们一条安全法则:"如果一个成年人需要帮助,他会找另一个成年人,而不是向一个孩子寻求帮助。"

乔迪在书上学到的新观念救了孩子们,也让人们乐于传播这个故事。有时候,一个故事能在同类题材中脱颖而出,并能让人们津津乐道,就是因为多了这么一点"新"观念。

救命故事

许久不见的闺密来上海玩,借宿在我家。

这晚,我泡了壶花茶,和闺密聊起天来。聊着聊着,闺密对我说:"我前段时间遇到了一件事,差点丢了性命。"

这话听了心惊肉跳,我赶紧让她说清楚。

闺密说了起来:"那天,我开车出门办事。刚上车,车门还没来得及锁,闯进来两个彪形大汉。大汉说他们要钱,让我把车开到他们指定的地点。我意识到,只有电视剧里才见过的绑架案,被我碰上了。我疯狂地想着解救自己的办法,可怎么也想不出来……忽然,我想起在你们《故事会》上看过的一个故事,说一个女人被绑架后利用暗号解救自己。我有了主意,鼓起勇气对大汉说:'你们绑架我可以,但我家人见我一直不回家会着急,我得先打个电话报平安。'大汉同意了。之后,我给老公打了个电话,他一听,就猜到我出事了,报了警。警方通过手机定位找到了我,我就这样躲过一劫！"

我听得目瞪口呆，急忙问她："你在电话里说了什么？"

闺密神秘地和我耳语一番，我恍然大悟，直夸她真是太聪明了！

我开玩笑地说："看来，是我在危难时刻救了你哦？"

闺密认真地总结道："故事给了我灵感，其实是故事救了我！"

三天后，闺密要回家了，临走前，她有些不好意思地说："这次来，两手空空，也没带礼物给你，在你家住了好几天，给你添麻烦啦！"

我说："你给我讲的那个故事，对我来说，就是最好的礼物……"

你们肯定想知道，闺密在电话里究竟说了什么。那天，她说的是："佳佳约我出去逛街了，要晚点回家。"我就是她口中的"佳佳"，她老公认识我，知道我在千里之外的上海，怎么可能去找他老婆逛街呢？就是这样一句话，让她老公发现了异常，及时报了警。

故事传递的民间智慧，关键时刻竟能救人一命。小故事里的大智慧，你记住了吗？

面对尴尬

不久前,我听了一场讲座。主讲的是一个童书编辑,讲座主题是:"如何让孩子快乐阅读?"讲座一开场,她向在场的家长们发问:书是从哪儿来的?家长们顿时愣住了,因为搞不清她想要问什么,是问怎么印的呢,还是问从哪里运来的,或是怎么写出来的,所以没有一个人回应她。她尴尬地笑笑,便拿起一本绘本朗读起来,中间数次夹杂日语,并不断地问家长:"听完这段朗读,大家有什么感受?"就在一阵寂静后,一个男家长突然高声回应:"起了一身鸡皮疙瘩!"童书编辑尴尬地笑着追问道:"为什么呢?"男家长说:"因为你的声调!"顿时,场上一片哗然,童书编辑尴尬不已……

我也有过尴尬的事。因为工作的关系,常常走进学校,和学生们聊聊写作。有一次,我给山东某重点高中的文科重点班上课。开场时,我问孩子们:"你们认为怎样才能写出好看的故事呢?"话音刚落,一个女生大声叫道:"订《故事会》呗!"此话一出,全场鸦雀无声,那个女生也一脸嘲讽地看着我。我觉得尴尬,突然灵机一动说:"看来你很有感触啊!"我一边说,一边快进课件,顺势把讲座后面的内容提到前面来:"其实,早在2003年,海南有位高中生,平时特别喜欢读《故事会》,就连考试前也不例外。这年高考,作文题让他有所触动,他学习借鉴了故事《爱的误区》,以《最美丽的鸟》为题一举获得满分!这位幸运的海南考生不是第一位,当然也不是最后一位。所以,我希望在不久的将来,也能听到你的好消息哦!"后来,讲座结束,学生们纷纷围上来问怎样才能订到《故事会》。

  人跟人打交道,难免会有意外的尴尬,如何智慧地化解,是打破尴尬的关键。写作故事时,能否设计出更好的解决方法,也是故事好看与否的关键之所在。

让细节为你加分

有个男人去参加同学聚会，临别时一个女同学用手机给大家拍了张合影，说回去后会发在同学群里。可第二天，那个女同学却将照片通过私聊发给了大家。男人有些奇怪，问她为什么不直接发在群里，那样多省心。女同学说："本来是想直接晒群里的，可我后来发现小美拍得不太好，她向来挺注重个人形象的。"男人仔细看了看照片，发现小美拍得的确不那么美，和她以往晒在朋友圈的照片判若两人，想来她是不愿意那张照片出现在群里的。再看那个女同学，她拍得倒是很好，莞尔一笑的模样颇为动人。男人顿时对这个女同学怦然心动，不仅仅因为她的模样，更因为她顾及他人的小小举动。

有位朋友说她至今仍记得她的一个中学同学。那时，教学楼的每层楼道里都有一个水房，水房里有一排水龙头。有一回，朋友经过水房时，发现一个同学在挨个儿拧紧漏水的水龙头，其中有一个拧不紧，她又马上报告给了老师和后勤部，让人及时维修。朋友对这个同学顿生好感，尽管毕业后两人各奔东西，失联多年，但这个小小的细节让朋友记了整整二十年。

有个女孩新谈了个男友。这天深夜，两人约会结束后，男友给她叫了辆出租车。车子启动后，司机突然叹了口气，对女孩说："姑娘，恕我冒昧地说一句，这个男孩子可能并不适合你。"女孩有些错愕，问司机为什么。司机言辞恳切地说："姑娘，我干这一行很久了，见过的情侣太多，如果这个男孩子真的对你情深意重，怎么会深更半夜的不送你回家？又怎么会没见你上车，就迫不及待地跑远了？"女孩听完，沉默良久，当晚就向男友提出了分手。一个转身就跑的动作，让女孩看清了男友并不爱自己的真相。

生活中，你有没有因为一个细微的举动，让你瞬间给一个人加分或减分？尽管我们不能管中窥豹，不能仅仅通过某个细节全盘肯定或否定一个人，但很多时候，一个人在不经意间做出的某个举动，往往体现了此人的涵养。见微知著，让细节为你加分。

听的艺术

这是一个母亲讲的故事。

她说,女儿上小学时,有一段时间突然特别怕鬼,不敢自己一个人睡觉。母亲就安慰女儿,这个世界上没有鬼,让她不要瞎想。母亲怕女儿或许有什么心理问题,还特意咨询了专家,专家说这是正常现象,过一阵子就好了,母亲便没有太在意,也没有把这事告诉丈夫。

这天晚上,女儿又害怕了,她赖在父母房里,不肯回自己的小床上睡觉。母亲就和往常一样对女儿说:"别胡思乱想啦,世界上根本没有鬼,快去睡觉吧。"女儿委屈地含着泪,却不愿离开。于是,父亲抱着女儿回她的房间。

父亲没有马上离开,而是陪着女儿聊起天来。他没有说怕鬼是荒唐的臆想,反而认真地听着女儿讲述,一边听,一边还问女儿一些问题,比如:让女儿害怕的鬼长什么样子,一般什么时候会看到鬼……父女俩聊了好久,女儿说,鬼是黑色的,自己一看他,他就消失了。最后,女儿还告诉父亲,自己经常在放学的路上看到鬼。就是这句话,引起了父亲的警觉。

连续三天,父亲都请假提前下班,守在女儿的放学路上,想知道她看到的鬼到底是什么。第三天,父亲终于看到了,那是一个穿黑衣戴黑帽的中年男子,他一路都在跟踪自己的女儿。父亲制服了男子,报了警。

事后,父母都感到后怕:幸亏发现得早,要是哪天中年男子做足了准备,找到了机会,后果将不堪设想。母亲内心更是有一份自责:原以为自己做得不错,但其实自己只是从成人的角度武断地下了结论,真正的尊重应该像父亲那样——认真倾听,哪怕对方只是个孩子,哪怕对方说的好似天方夜谭。

生活中,我们的亲人、朋友也经常会向我们讲述他们的故事,如果以前你像那位母亲,没有"真正"地倾听,那么,以后不妨试着静下心来听听看,也许会有意外的收获——因为某种意义上,每个讲故事的人,都是在倾诉心声。

退步原来是向前

听朋友说起这么一个故事：小镇上有两个貌美如花的女子，一个叫阿雪，一个叫小霞，两人在同一家单位工作。有一年，单位要挑选一位年轻姑娘负责公关部，那是小霞梦寐以求的职位，可最后阿雪被选中了，小霞十分嫉恨。

打那以后，小霞每次碰到阿雪时，都高昂着头，不理不睬。不久，单位成立了团支部，小霞想方设法当上了团支书。每次团员活动，小霞都对着阿雪颐指气使，好不得意。

转眼两人都到了谈婚论嫁的年龄，阿雪嫁到了外地，据说她老公大学毕业，年轻有为。小霞听说后，毅然决然地和自己的男友分了手，因为她的男友只是个复员兵，她绝不允许自己嫁给一个学历低于阿雪老公的男人。

几年过去了，小霞始终没能找到一个有大学文凭的男友。此时，她已年过三十，原本美丽的容颜上渐渐有了岁月的痕迹。

这年国庆节，阿雪回小镇探亲时听说了小霞的近况，不禁有些怜惜她，毕竟两人都是喝小镇的水长大的，再过几年，小霞恐怕很难找到合适的对象了。

于是，阿雪来到了小霞家，和她聊了一会儿，便劝道："听说你还没找对象，可别再等了，岁月不饶人啊。"小霞听了，立马拉下脸不说话。阿雪诚恳地说："其实，女人能找到一个勤劳朴实的男人就行了，其他方面都不重要。我爱人虽然学历不高，可他知道疼我，我感到挺幸福的。"

小霞一怔："你爱人不是大学毕业吗？"

阿雪掩嘴笑笑："那都是别人瞎说的，我爱人高中没读完就辍学了。"

小霞嘘了一口气，半晌无语。

到了春节，阿雪和爱人回到镇上，在街上偶遇小霞，她正与一个高大的男子手拉手走着。小霞笑盈盈地向阿雪介绍："他是我男朋友，中专毕业，是局长的司机。"阿雪听了，打心眼里为小霞高兴。待小霞跟男友离去后，阿雪叮嘱爱人："以后在她面前可别露出你是大学毕业的哦。"

生活中，我们常常会遇到喜欢争强好胜、处处压人一头的人，与其硬碰硬地较劲对峙，不如放开胸怀，后退一步。正所谓"六根清净方为道，退步原来是向前"，看似消极退让，实则为了更好地前行。

微微一笑不说破

唐代有个叫吕元膺的人,经常与一位门客下棋。一天早上,吕元膺忽然客气地对那位门客说:"先生若一直待在我这里,很可能会耽误您的前程,还是请另谋高就吧!"说完,他给门客备了份礼物,门客只好离开了。众人十分不解,但吕元膺始终没有说什么。

直到十年以后,吕元膺病危之际,他才对病床前的子孙说:"十年前,我与那位门客志趣相投,相交甚好,可有一回我们下棋,他趁我走开办事时,偷偷换了一颗棋子,被我发现了。原本这只是小事一桩,不值得介怀,但从中可见其心迹可怕。若我当时直说,难免让他羞愧难堪,抬不起头来;若我一直不说,又怕你们将来会重蹈覆辙,犯同样的错。"

无独有偶,有个女孩为了男友,心甘情愿地放弃上大学的机会,靠辛苦打工赚来的钱供男友上大学。不料男友毕业后却变了心,要和一个富家女回家乡小镇结婚。小镇有个风俗,新人结婚这天,要在门口摆一大坛酒,每位来宾都会往酒里放一朵花,等到婚礼结束,这坛酒就会被密封起来等着发酵,来年成为百花酒用来招待客人。

女孩满怀悲痛和愤恨来到花店,她要买一束薰衣草带到婚礼现场,看看那个负心汉会有什么反应。女孩付完钱转身想走,店主却叫住了她。店主是个和她年龄相仿的姑娘,有着一双会说话的大眼睛,她笑着对女孩说:"妹妹,我再送你一朵百合花吧!你看,它和你穿的裙子配在一起多好看呀!"望着店主真诚的眼神,女孩沉默片刻,接过了那朵百合花。当女孩来到婚礼现场时,所有知道内情的人都忐忑不安,新郎更是紧张到握着酒杯的手直发抖。不料,女孩只是把薰衣草轻轻地放进酒坛里,一句话也没说,转身离开了。

多年后,女孩经过不懈的打拼,拥有了自己的公司,成了不折不扣的"白富美"。每当夜深人静,她常常翻出日记本里的百合花标本。当年,正是这朵洁白无瑕的百合花,让她忍住了与新郎同归于尽的冲动,选择了默默离开。

看破却不说破,委婉而不直接,看似只是为对方留一丝情面,其实,更是为自己留一点转身的余地。

微笑的力量

最近读到一则故事，颇有触动，来和大家分享。

一个男人失业了，生活的压力让他总是板着脸，一副愁苦相。他做起了小买卖，可无论卖什么都赔钱。正当男人一筹莫展时，他听说有位成功的商人来他们小镇定居，男人心里一动，决定去找这位商人取取经，求他指点一二。

商人倒没什么架子，很客气地把男人迎进家，笑着说："取经吗？我可不是'如来佛'，不过呢，我倒想请你帮我一个忙。"男人纳闷地问："我能帮您什么忙啊？"商人说："我这里有50双袜子，你帮我在一个星期之内卖出去。要记住，不管别人买不买，都要面带热情的微笑。如果你能做到，我再告诉你成功的秘诀。"

男人很困惑，但他还是带着袜子挨家挨户上门推销。他谨记商人的话，脸上始终挂着微笑，给顾客证明袜子多么结实耐穿。

就这样，男人只用了5天就卖出了所有的袜子。他兴冲冲地来到商人家里，商人的妻子说："他有事出远门了，走之前嘱咐我，让你把这100双袜子在一个星期之内卖出去，然后再来。"男人像被浇了一盆冷水，但他一心想得到商人成功的秘诀，只好咬咬牙去照做。

为了能快点卖出这100双袜子，男人脸上的笑意更浓，对顾客也更加热情。这一次，他感觉自己笑起来毫不费力了，袜子卖得也比上一次顺利得多，挑剔的人越来越少。这100双袜子也只用了5天就卖完了，还有不少人跟他预订。

男人急忙跑去找商人。这次商人正在家中，男人问："请问……还有袜子吗？我又预订了100双出去。"商人听了哈哈大笑，说："不错，我看你已经找到成功的秘诀了。"男人一愣，紧接着一拍脑袋，也不由得笑了起来，他脸上的笑容舒展而自信，这是发自内心的喜悦。

人生不会一帆风顺，我们都曾被挫折和坎坷绊倒，内心愁云笼罩，这种时候，或许很难笑得出来。但是，试一试吧！轻轻弯起嘴角，去面对他人，面对世界，你会发现，你的微笑将带来神奇的力量。或许不经意间，期盼已久的转机正在发生，暖暖的阳光正拨开乌云，洒满心上。

小推理，大智慧

有位读者来信说，他特别喜欢推理故事，也想学着创作，可是总觉得凶杀啊绑架啊这些警察才能接触到的事儿离自己特别远，不知道如何积累素材。这位读者的困惑让我想起了最近看到的两则真实案例。

第一个案子发生在火车上。乘警在巡车时看到，有个女乘客给不到一个月的婴儿冲奶粉，而她用的竟然是凉水。乘警自己也有孩子，他知道，冲奶粉对水温有严格的要求，一般要用 40 度左右的温水。他越想越觉得不对劲，就开始旁敲侧击地询问女乘客，又现场与她口中的丈夫进行了电话对质，结果发现夫妻双方的说辞完全不一致：女乘客说自己有五个孩子，怀里的这个最小，才一个月大；而她的丈夫却说他们只有三个孩子。乘警当即将女乘客扣下。调查后发现，女乘客果然是个人贩子，正准备将怀里的婴儿带去外地贩卖。

第二个案子发生在高速公路上。一辆装着萝卜的大货车开进收费站，按照规定，运送生鲜农产品的车辆是不需缴纳通行费的。收费员正要放行，在一旁执勤的交警突然问司机："你车上拉的到底是什么？"司机说："萝卜呀！"交警却立刻让司机下车卸货。司机拖延了半天，最后只得慢慢地开始卸货。最上面一层的萝卜被卸下后，露出了藏在里面的电子元件！后来，有人问交警怎么知道车上不是萝卜，交警笑道："你见过有人大冬天的从南往北拉萝卜吗？"

婴儿体质娇弱，亲生母亲怎么舍得让孩子喝冰凉的奶？冬季时北方萝卜量多便宜，从南往北运萝卜毫无赚头。这些小常识在生活中司空见惯，因此也容易被人们忽略，然而有心人却能从中发现意想不到的真相。

只要有一颗爱思考的心，日常生活中也能展现推理的魅力。

笑对人生

最近，有个朋友失业了，整天萎靡不振，我苦劝良久，都不见起色。这时，我想起了之前看过的一个故事，便和她讲了起来：

有一位教授开车去学校。半路上，她忽然发现车子有些不对劲，方向盘无法掌控。于是，她赶紧把车停到路边，并打电话给修理厂。

很快，修理厂派人过来拖走了车子，教授只好步行赶往学校。当她急匆匆地冲进办公室时，刚好与一个同事撞了个满怀，同事手中一杯滚烫的咖啡一下子泼到了她的脚上。

教授来到办公桌前，助手见她来迟了，便问她发生了什么事。教授把车子在半路抛锚的事情告诉了助手，最后她笑笑说："今天我真幸运！"

助手一听，纳闷地问："什么？你的车在半路上坏了，你还觉得幸运？"

教授笑着解释道："我每天开车来上班都要经过一段高速公路，

假如今天车子是坏在高速公路上,那很可能会带来非常严重的后果。幸好,车子是在我下了高速公路以后才坏的。所以说,今天坏的时间和地点都恰到好处。"

听教授这么一解释,助手点了点头,她低头一看,又发现了问题:"你的鞋怎么全湿了?你的脚背还有点红,地毯上全是脏脚印!"

教授把刚才与同事相撞的事告诉了助手,然后笑嘻嘻地说:"这是我今天遇到的另一件挺幸运的事。"助手盯着教授,觉得匪夷所思:"你的鞋湿透了,脚被烫伤了,地毯也脏了,你居然说这也是一件挺幸运的事?"

教授点点头说:"因为我今天穿的是一双厚皮鞋,所以我的脚被烫得不厉害。而这块地毯本来就很脏了,我一直想把它送到干洗店里清洗,可始终拖拖拉拉没做成。这下好了,我正好借这个机会把地毯彻底清洗一下。你看,这不是坏事变好事吗?"

朋友听完这个故事,终于露出了久违的笑容。的确,人生不如意事十之八九,当我们遇到挫折时,保持良好的心态、乐观的态度方为上策。

当你在"山重水复疑无路"时,故事能为你指点迷津,指明方向,让你"柳暗花明又一村"。假如你也有朋友正处于人生的十字路口,那就不妨给他讲个故事吧。

写下你的故事

有个中学生,他参加了中美交流项目,一个美国人住在他家里。美国人是加州大学的学生,他们很快成了好朋友。

愉快的氛围在一次外出中结束了。那天,中学生带着美国人外出游玩,美国人看见人就微笑,甚至打招呼。很遗憾,没人理他。美国人的情绪低落下来,说这些人没礼貌。

于是,中学生对美国人讲了一个故事:

抗战前,有一对夫妻,他们有四个孩子,一家人过着平静的生活。后来,日军侵华,这对夫妻带着孩子们开始了逃亡。当时,他们有一个朋友不幸去世,留下一个小男孩,夫妻义无反顾地带上了这个孤儿。在逃难过程中,由于日本人追得急,一时带不了那么多孩子,他们做了一个痛苦的决定,丢下自己的一个孩子,保全孤儿……

中学生接着对美国人说:"这对夫妻不会见到陌生人就打招呼,更没上过加州大学,但他们的善良、坚毅、义气让人动容。在中国,这样的人不少呢。文化差异不代表不友好，更不代表素质低下。"

美国人不好意思地笑了笑，说："也许是我太敏感了，这个故事很好，你是哪里听到的？"

中学生说："这对夫妻就是我的外公外婆，那个被丢下的孩子是我的二姨。"

一个故事就可以化解巨大的误会，中学生觉得很奇妙。多年后，中学生成为了《故事会》的编辑，没错，就是我。我总在想，文学的形式有很多种，但只有故事是伴随着每个人的，也只有故事是每个人都创造过的。当你失意时，不妨写下你的故事，因为记住伤痛，可以更好地迎接成功；当你平淡度日时，也该写下自己的故事，因为当你无话可写时，才知道是时候该做些什么了；当你得意时，还是该写下故事，因为你会更加珍惜当下。

写下你的故事吧！也许，你的故事可以帮助啼哭的孩子入睡，让弥留的人微笑而去，让失意者振奋，让得意者自省，或者像我一样，用它来化解矛盾和误解。

征服爱情的女孩

有一则外国民间童话，叫做《高傲的王子》。

童话里，一个罗马商人的女儿偶然见到了波斯王子的画像，王子非常英俊，脸上遮着七层面纱。女孩爱上了王子，并且得了相思病。商人不忍心看女儿痛苦，便想办法把女儿的画像送到了王后手里，恳求王子看一看。

王子非常高傲，一眼也不肯看。听说女孩每天以泪洗面，他就说给她七条手绢去擦眼泪；又听说女孩要为了他自杀，他拿出一把小刀说："让她自杀好了。"

商人把这些残酷的回答转告给女儿，女孩沉默了一会儿，说："给我一匹马，一袋钱，我要去闯世界。"

一路上，女孩用自己的智慧和胆识帮助了很多人，也得到了很多人的爱慕，但她从不停下脚步。最后，一位老妇人得知女孩要去找高傲的王子，就送给了她一根魔杖，说这根魔杖能够满足她的一切要求。

女孩并没有直接要求王子爱上她，而是让魔杖造出一座高大的宫殿，就在高傲王子的宫殿对面。第二天清晨，王子惊讶地发现对面出现了一座漂亮的宫殿，还有个美丽的女孩站在里面。为了看清她，高傲的王子揭去了第一层面纱，并让仆人拿着最漂亮的手镯代自己去求婚。

女孩见了，却说："把这对手镯拿去挂在我的门上，那里正缺两个门环。"然后赶走了仆人。就这样，连续六天，王子每天都揭开一层面纱，并送上最珍贵的宝物向女孩求婚，但女孩不为所动。直到第七天，王子揭开脸上最后一层面纱，两人终于面对面坦诚相见，女孩答应了王子的求婚。

在爱情面前，女孩维护了自己的尊严，并且以平等的方式得到了对方的爱。

是的，真正的、平等的爱情不会从天而降、信手拈来，而只会存在于筚路蓝缕、自强自立之中。

智慧传递

听朋友讲过一个发生在他身上的真实故事：

那年股市大热，朋友经受不住诱惑，也想跟风炒股，他想起了炒股经验丰富的舅舅。于是朋友找到舅舅，希望舅舅能带自己一起赚钱。舅舅想了想，说："你要跟我炒股可以，但我有一个条件，那就是，你必须完全信任我。买什么股票、如何操作、涨跌多少，你一概不许过问，半年后，我再向你公布盈亏状况。"

朋友知道舅舅炒股非常成功，就咬咬牙，把自己的存款交到了舅舅手上。不料天有不测风云，没多久，股市遭遇重创，朋友想到刚刚投入的那笔血汗钱，真是食不知味、坐立不安。但他和舅舅有约在先，不能打探，只好自己天天盯着大盘看，心情也随着行情起起落落，如同坐过山车。终于，半年时间到了，舅舅主动约朋友见面。此时和朋友入市时相比，大盘已跌去不止一半。

故事讲到这里，朋友卖了个关子，让大家猜结果如何。有人说，舅舅是炒股高手,也许运筹得当,亏得不多;有人说,既然舅舅主动相约,说不定还赚了呢。朋友笑着摇摇头说,他和舅舅见面后,舅舅拿出一张存折,朋友打开一看,里面存的正是自己的那笔钱,存入时间竟然是半年前。原来,舅舅根本没把这笔钱投入股市!舅舅对朋友说:"这半年是你的'见习期',现在你对炒股有了切身体会,以后要不要入市,由你自己决定。"

有位作者听我讲了这个故事后,很感兴趣,说只要再加几个情节,就能加工成一篇完整的作品。这个故事中最打动他的,是舅舅的处事方式:出人意料,却合情合理、充满智慧。这样的情节很适合写成故事,因为,故事正是一门传递智慧、分享感悟的艺术。

有人说过,最合算的投资就是买书,因为花上区区几十块钱,买到的却是别人穷尽一生智慧完成的作品。故事也是如此,真正的好故事不仅情节有趣,还蕴含着丰富的经验和人生智慧,所以有人说,爱听故事的人,常常是聪明人……

最慷慨的赠予

有一对老夫妻，一起生活了63年。但从一开始，这却是一段不情不愿的婚姻，当年的少年郎心有所属，却无奈娶了这个几乎没照过面的女人为妻。少年一直恨得牙痒，恨到白头。

这年入冬，老太太闭目辞世。医院通知家人来结款，老头穿戴整齐地去了。交了款，老头掏出一个本子，向护士借了笔，一毛不差地把结款金额记在账上……最后一个数字还没落笔，老头却晕倒在地。

老头醒来时，已经在重症监护室里，儿女们素来恨他对母亲的冷漠，拒绝在床边久留，孙子也冷冷地把那个本子砸在他手里，问他记那些账究竟要做什么。

老头的账簿里记下的条目很琐碎：老太婆要了饼钱，1毛5……老太婆去裁缝老周那里裁裤腿，3块……老太婆给孙子买糖藕，8块5……老太婆走了，医院结款893块……

"是 893 块 7 毛，7 毛，你帮我补写上去。"老头叮嘱着孙子，"这些是你奶奶跟我要过的钱，她没有还的……"孙子听了，气得发抖，病房里骂声连天。

老头却自顾自地说："一共是 1726 块 3 毛，这 63 年里她总共管我要了 1726 块 3 毛；而她，足足给了我一生。这笔账啊，让我怎么还……"一生的陪伴，把百炼钢化作绕指柔。故事里那个冷漠的老头，也没能抵住这样的情分。

我一直觉得，这个世界上最慷慨的赠予，是付出时间。所以不禁想起了你们，陪伴了我们的故事那么久的你们。

粗粗算了算，读完手里这本小小的册子，大概需要 3 个小时，而完成这个册子，需要所有编创人员付出至少 1000 个 3 小时的时间。然而，用 3000 个小时换 3 小时里你们可能有的一次开怀大笑、一瞬动情时刻，那就很值得。

感谢我们为彼此、为故事的慷慨付出。

做人的智慧

最近听朋友说起这样一则故事，感动之余，很想与大家一起分享。

有个女生高考落榜，心里十分空虚难受，就给声讯台打了个电话，倾诉烦恼。对方有着天籁般美妙的声音，经过一番开解，女生感觉心情舒畅了很多。从那以后，女生天天都会拨打那个号码。

一天，妈妈铁青着脸，拿着电话单据问她："这些声讯台的电话，是不是你打的？"女生瞄了一眼单据，足足500块钱，那可是妈妈半个月的工资。女生结结巴巴地说："不，我没打。"妈妈看了她一眼，将信将疑地说："那好，等你爸回来，我问问他。"当天半夜，女生隐约听到隔壁传来父母的争吵声。第二天，女生本以为自己逃不过一顿训斥，不料，妈妈对她说，那些电话是她爸打的。女生最终选择了沉默。

转眼十年过去了，女生嫁给了一个老实内向的男人。一天，女生突然发现，当月的电话费超出以往几倍，于是，她跑到电信局打出清单，上面清晰地显示着，每天都有人用这部电话打到声讯台。她突然想起了十年前那个善解人意的声音，如果自己是男人，一定会被那样的声音迷住……

女生拿着电话单据，生气地回了父母家。母亲问清缘由后，说："你还记得你小时候也打过这样的电话吗？其实我们早知道那是你打的！但你爸对我说：'孩子寻找别人说话，就证明我们不够关心她！'"女生这才明白，原来当初，父母是故意没有点破她。

回到家，女生把那张电话清单藏了起来，只字未提。丈夫问她最近交过电话费没有，她也只是淡淡地说，交过了。没过几天，丈夫突然到一家新单位上班了。很快，家里的电话费就恢复了原有水平。原来，丈夫早在一个多月前就失业了，他心中苦闷，却又不想告诉妻子，于是拨打了声讯台。

就这样，父母用女儿年少时的故事，挽救了女儿的婚姻。亲人之间固然要坦诚相见，但并不是每一个瞬间，他都愿意将你当成最好的倾听者。有时，默默原谅对方的差错并且绝口不提，才不会将对方推得太远。

故事能带给大家的，不仅仅是欢声笑语，有时，更是一种做人的智慧。

意林

生命之意立于故事之林,小小的故事背后,常常是重重的思考。

别让幸福从身边溜走

从前,有一个国王,他有三位美丽的公主。三位公主一出生就有一种神奇的魔力,她们的眼泪能化作一颗颗晶莹剔透的钻石,价值连城。

有一天,国王召集了天下优秀的男人,让公主们挑选心仪的丈夫,被选中者将有机会继承王位。大公主选了一个王子,王子许诺,会为她征服全世界;二公主选了一个富豪,富豪保证,会为她赚很多钱。小公主却平静地看着这些人,摇了摇头。

这时,一个牧羊人走到小公主跟前,在她耳边说了一句话。小公主笑了,她毫不犹豫地挽住了牧羊人的手。就这样,三位公主都有了自己的伴侣。

五年过去了。大公主的丈夫用眼泪变成的钻石招兵买马,征服了很多城堡,大公主觉得很幸福。二公主的丈夫用眼泪变成的钻石做生意,积累了巨额财富,二公主也觉得很幸福。而小公主跟着牧羊人来到一个山清水秀的世外桃源,过着贫穷而开心的日子。

不久,国王病危,他派人找回了三位公主和她们的丈夫。当他看到小公主夫妇穿着干净整洁却打满补丁的衣服时,他十分惊讶,他们的日子为何如此贫穷?国王问小公主:"孩子,当年牧羊人跟你说了什么?"

小公主说:"他在我耳边说,即使你的眼泪可以化作昂贵的钻石,我宁愿贫困潦倒一生,也不会让你哭。"国王立刻决定,把王位传给牧羊人。

每个人对幸福都有自己的理解:恋人说,幸福是执子之手,与子偕老;父母说,幸福是儿女双全,承欢膝下;孩子说,幸福是想玩就玩,无忧无虑……

幸福是一种感觉,幸福就在你我的身边:黑夜中的明灯、回家后的热饭、出门前的叮咛、失败后的拥抱……这些幸福的点滴你我都曾有过,却未必留意,不曾珍惜。从现在起,让我们一起努力,记录下身边每一个幸福的故事。

不再孤独

从前,有一个小男孩,他在门口发现了一只企鹅。说来也怪,这只企鹅从此就一直跟着他。企鹅看起来很忧伤,男孩想,它一定是迷路了。

男孩决定帮助企鹅回家。有人告诉他,企鹅来自南极,但他怎么才能去那儿呢?

男孩跑去港口,让大船带着他们去南极。但他的声音太小了,被大船的汽笛声淹没,根本听不见。于是,男孩决定和企鹅划船去南极,他把自己的小船拖出来,推向海里。

他们划了很多天。途中,男孩开始给企鹅讲故事,男孩讲了一个又一个,企鹅听了一个又一个。经过了数不清的日与夜,他们终于抵达了南极圈。男孩很高兴,但企鹅什么都没说。

当男孩帮助企鹅跳下船的时候,突然,企鹅看起来有点伤心。然后,男孩说:"再见——"就坐船漂走了。当他回头看的时候,企鹅还站在那里，显得比以前更伤心了。

　　只剩下自己一个人，男孩也觉得心里怪怪的，现在讲故事已经毫无意义了，因为没有谁会听。于是，男孩开始思考，他越想，就越觉得自己犯了一个天大的错误。或许，那只企鹅根本就没有迷路，它只是孤独。

　　男孩飞快地掉转船头，以最快的速度往回划。

　　不久之后，男孩又划回南极圈了，但是，那只企鹅在哪儿啊？男孩找啊找啊，哪里都没有企鹅的影子。

　　男孩伤心地启程返航，划着划着，男孩突然发现，在他前方不远处，好像有什么东西在扑腾……他离得越来越近，直到能看清楚，竟然是那只企鹅！

　　最后，男孩和企鹅一起回家了，一路上，他们又讲了好多好多的故事。

　　这是奥利弗·杰法笔下的温暖故事，作家用这个故事告诉我们，每个人都是一颗孤独星球，请一定要珍惜，旅途中的每一次相遇，每一个故事，和那个愿意听你讲故事的人。

　　故事，因分享而美丽；孤独，因陪伴而消散……

猜得到开头，却猜不到结局

最近听了一个故事，讲给大伙儿听。

一个女人提前结束了出差，大清早赶回家，想给老公一个惊喜，不料老公根本不在。疑惑中，她发现房间收拾得干干净净，桌上摆着一束鲜花，鞋柜里还多了一双崭新的高档男鞋，一看就价格不菲。老公从不收拾家务，还是出了名的铁公鸡，这些都是谁做的？

这时，邻居大妈探头进来，说："这大半年的，你可回来啦。前些天，你家来的那姑娘真好看，明星似的。"

这句话像一把利剑，直插女人的心窝。怪不得，这个家里有另一个女人的痕迹；怪不得，她出差前，老公坚持把儿子送到寄宿制幼儿园……

接回儿子哄睡后，女人就一直枯坐着。她是个有感情洁癖的人，决不能容忍丝毫背叛。直到晚上，一身酒气的老公回来了，女人在身上藏了把水果刀，这把刀足够对付一个烂醉如泥的男人……

"老婆,你回来啦!跟你说件事,你准高兴。"老公囫囵不清地说,"我呀,给你弟介绍了个他特别满意的女朋友。前两天他俩来咱家谢我,见乱得够呛,就帮咱收拾了屋子,换了鲜花,还送我这媒人一双新皮鞋……"

至此,你有没有一种"猜得到开头,却猜不到结局"的感觉?

打开《故事会》,聪明的你一定会从字里行间,搜寻抵达真相的每一个蛛丝马迹。当阅读变成一种思维游戏,投入一场逻辑的冒险,寻找故事的"超常"所在,体味不一样的人生经历,你,会不会觉得惊险又刺激?

上面的故事还没结束,儿子被吵醒,懵懵懂懂地站在门口。女人削了两个苹果,问:"宝贝,你要哪个?"儿子一把抢过来:"我两个都要!"

女人有点心酸,这时,只见儿子在两个苹果上各轻轻咬了一口,递过来一个说:"妈妈,这个更甜,给你吃!另一个给爸爸,你们可要好好的啊!"

女人的天,刹那晴了。这个结局,你猜到了吗?

感动生命

几年前,我去一个朋友家做客,正好碰到她心爱的宠物兔"巴尼"患病离世。巴尼是朋友从路边捡来的,当时只有一个月大,一养就是八年。在这八年里,巴尼陪伴她毕业、工作、结婚、生子……在她的生命里,巴尼早已成为一个重要的家庭成员。然而就在那天,巴尼静静地离开了。

朋友暗自垂泪,当时的我也不知道该怎么安慰她,无能为力之下,就帮她一起将巴尼安葬在了院子的一角。

直到前几天,我在微博上读到了一个兽医分享的故事,说国外有一对夫妇养了一只猎犬,患了癌症,不得不采用安乐死。在实施安乐死的过程中,夫妇六岁的儿子看起来很平静,似乎很轻松地接受了他的好伙伴不再醒来的事实。事后,大人们围坐在一起,谈论为什么动物的生命比人类短的话题。小男孩插话说:"我知道为什么!"大家惊愕地看着他,他接着说:"人生下来,就是为了学会怎么好好生活——比如怎么好好爱别人，对吗？小狗已经知道该怎么做了，所以不用活那么久。"

读到这里，我飞速地把这个故事转发给我的朋友，虽然迟了一些，但对她来说，应该是种温暖的安慰。

几分钟后，朋友回复了我，她带来了另一个故事，让我震惊了。

她说："你还记得当年我们将巴尼埋在院子的事吗？结果在那个位置长出了芝麻的小绿苗，应该是当时巴尼吃进去的生芝麻没来得及消化，发芽了……"

我敲下一行文字，回复她："你看，它只是换了一种方式守护你。"

故事之美在于口耳相传的生命力。有的时候，我们可以用他人的故事温暖自己；有的时候，我们的故事也能去安慰他人。在这种最朴素、最古老的讲述中，让我们一起分享生命带来的奇迹。

坚持的力量

最近听朋友说起这样一个真实的故事：

有一对夫妻遇到了车祸，被送进了医院。结果男人醒了，女人却没有醒来。医生告知男人：你妻子没用了，就算活过来也是个植物人。

男人深爱妻子，他跪下来请求医生救救妻子，哪怕妻子成了植物人，他也接受。

接下来的几个月里，男人接到了无数次的病危通知，但女人竟一次次挺了过来。

一天，男人忽然发现，妻子的腹部微微隆起。医生检查后也大吃一惊，女人的腹中有个胎儿，已有四个多月大了。男人不禁又喜又忧，难道自己还能做爸爸？

不料，医生给他泼冷水，女人随时有生命危险，孩子肯定保不住。男人再次请求医生，哪怕只有一丁点儿的希望，也要救救他的妻子和孩子。接下来的日子里,男人衣不解带地照顾妻子,但妻子始终没有醒来,甚至屡次危机重重。幸好孩子有着顽强的生命力,一直正常地生长着,直到平安降临。那是一个健康的男孩,哭声特别响亮,似乎是为唤醒妈妈而来。

从此,男人一边带孩子,一边照顾妻子。男孩在妈妈的病床边慢慢长大,学会了叫妈妈,甚至学会了照顾妈妈。渐渐地,女人的身体状态有了变化,只要有孩子的声音,她的眼皮就会动一下。就在孩子两岁时,她终于醒了……

最初,男人只是想挽留妻子的生命,没想到还留住了孩子,更没想到孩子还唤醒了妈妈……这一连串的奇迹,来源于最初的坚持。

的确,人生不如意事十之八九,若选择逃避或轻言放弃,就不会有希望,更不会有奇迹。在这个故事里,我们看到了两个字:坚持。当山重水复疑无路时,唯有坚持,才能柳暗花明又一村。回过头来,我们会发现,那正是生活给我们的考验,或许唯一的机会,就在考验的最后一刻。

毫无疑问,这是一个正能量的故事,它让我们在感动之余,又学会思考自己的人生,这就是故事的价值所在吧。故事的价值不在于孤芳自赏,而在于亲朋好友间的传递和分享,让许多讲述人世间最朴素的做人道理的故事,通过朋友圈传递出去,从而在潜移默化中影响甚至改变一个人。

镜　子

最近读到一个故事，颇有感触。

有位教授为大一新生开设哲学课程，第一节课上，他想和同学们谈谈那个最基本的命题——生活的意义。

教授没有提到什么哲学术语，只是一言不发地把手伸进口袋，掏出了钱包，又从钱包里拿出一面小小的圆镜子，大约有一枚硬币那么大。然后，他说起了自己童年的一段经历：

"二战时，我还是个小孩子，住在一个偏僻的村庄里。一天，我在路上发现了一面摔碎的镜子，那是一辆摩托车上的后视镜，应该是某个德国人的摩托车在这里出了车祸。

"这样的东西对于我来说很稀罕，于是我捡起了其中最大的一片，带回了家。我把这枚碎片在石头上不停地打磨，磨成了圆形，当作玩具。当我发现这小玩意儿居然能反射阳光时，我欣喜不已。凡是太阳照不到的地方，它都可以把光传射过去——不管是深深的窟窿，还是小小的裂缝，或是漆黑的角落。这渐渐成了我的游戏——把每一个我能找到的不透光的地方照亮。

"当我一天天长大，我逐渐明白，其实这不仅是一个孩童的游戏，更揭示了某种生活的哲理。我逐渐懂得，我自己不是光，也产生不了光，但是光——诸如真理、知识和美德，它们一直在那里，只要我拥有一面能反射光的镜子，光就可以抵达许多黯淡的角落。

"这一枚镜子的碎片，可以让光照亮人心，使自己或他人做出一些改变。我终其一生，大概都在找寻属于自己的那面镜子。"

各位读者，你们应该知道我接下来要说什么——没错，故事就是这样一面镜子。故事虽然是虚构作品，但也来源于真实生活，来源于某一个人或一群人的经历、心声和诉求，这些人或许离你的生活很远，但他们同你一样，对这个世界也有着自己的独特体验。

当你读着关于他人的故事时，会产生不同的情绪变化：喜悦、幸福、向往；同情、怜惜、悲戚；愤懑、懊悔、反省……由此，透过这面镜子，你了解了一个不一样的世界，也更加清晰地认识了自己，知道下一步应该怎样去走。

如果你也为追求某种意义而迷茫，想看清世界，想看懂自己，不妨先读一读关于他人的故事。

看不见的伤疤

有个小女孩,生性胆小懦弱,总是被身边的小伙伴欺负。一次,她被一个男孩故意用东西烫伤了,在脸上留下了一个明显的伤疤。闯祸的男孩没有受到任何惩罚,因为小女孩不敢说出真相,只告诉父母是她自己不小心弄伤的。

脸上的伤疤无法用衣服遮掩,只能暴露在外,任人观看。许多人见到小女孩都会忍不住说:"这么漂亮的脸蛋,怎么会有一个疤呢?"小女孩陷入了深深的自卑,总想把自己藏起来,不愿在人前露脸。

有一次,小女孩念书的学校要挑选一些学生参加舞蹈比赛,乐感很好的小女孩入选了。排练时,一个老师看到小女孩,犹疑地说:"这孩子脸上的疤……真是可惜了。"小女孩心里一沉,正在这时,另一位老师走了过来,他看着小女孩说:"别担心,小姑娘,以后肯定会有一个男生喜欢上你,没准他喜欢的就是你的疤呢。"

小女孩的眼睛一下子亮了,这是她第一次听到有人这样评价她的伤疤,年幼的她完全相信了老师的话,心想:原来,疤痕也会有人喜欢呢!

经过紧张的排练,小女孩参演的双人舞节目在区里拿了一等奖。老师激动地给小女孩的妈妈打电话,说她是难得的跳舞的料。从此,小女孩的心态发生了变化,她不再刻意躲着大家。从小学到大学,她一直把握着老师给的每一个机会,也渐渐习惯了所有人的关注。

长大后,女孩惊讶地发现,她的伤疤好像不见了:人们提起她时,会说"那个跳舞很好的女孩""那个很有气质的女孩""那个代表新生讲话的女孩"……而没有人会说"那个脸上有疤的女孩"。朋友们最常说的一句话也是:"原来你脸上有疤呀,我一直都没有发现呢。"

我们的一生中不可能只发生美好的故事,有时难免遭遇不幸,那些悲伤的故事就像留在脸上的伤疤,如果我们特别在意它,伤疤就会成为生活的全部;只有当自己不在意脸上的伤疤时,别人也才会不在意,我们才有机会书写人生的新故事……

三十秒的故事

如今，不少同学聚会都变了味，本该是分享彼此经历和故事的场合，却成了变相的"炫耀会"。成功者滔滔不绝，标榜自己赚了多少钱、在社会上如何有关系；不如意者则少言寡语，黯然神伤。

然而，最近看到一个有关同学聚会的故事，却让人满心温暖，感慨万千。

聚会一开始，主持会议的同学让每人介绍一下自己这些年来的经历，但有一个规矩：因为时间关系，最多只能发言三十秒。第一个发言的同学，近年来靠炒房挣了大钱，他说："我先在一家食品公司工作，然后又跳槽到房产公司，我倒卖了一间房，赚了百分之二十，于是我借钱买进第二套房，转手，一下子赚了……"这同学正说得带劲，主持人却笑着打断他："停，时间到。"

轮到第二位发言时，他言简意赅，几句话就清清楚楚把自己的经历交代了，余下的同学也都是如此。因为限定时间只有三十秒，每个人都不可能太多地标榜自己，成功也罢，失败也罢，都只有三十秒的表达时间。

一圈发言完毕，最令大家感动的，是一位收入微薄、从城东赶到城西来参加聚会的同学。他说："昨天夜班，今天早晨睡过了头，怕迟到了，骑了车一路赶来，在路上连闯了两个红灯，还好，没被交警看到……"话到这里，时间用完，他的经历还没介绍。主持人允许他延时，他却摆摆手，笑着说："按规矩办。"

这段话看似还未进入正题，可包含的信息太多了——夜班可见工作辛苦，自行车可见经济条件一般，他没有任何值得炫耀的东西，放弃休息，赶了那么多路，就是想来看看大家。这样纯洁的目的，在这个浮躁的社会里，还能有几人？

他的话说罢，大家都鼓起了掌。

三十秒的限定时间，让每个人都不得不做出取舍，只能挑自己觉得最重要的内容来说。觉得赚钱重要，说出的便是一串冰冷的数字；觉得同学之谊重要，那份"真"和"情"便自然而然地流露在一字一句中，成了聚会上最感人的一幕。

其实，发言也好，故事也好，想要打动人心，并无他法，最重要的只有两个字："真"和"情"。

少年的眼神

微寒冬夜,在微信上看到一则故事,感触良多,在此与读者一同分享:

青葱校园里,一个男生用传统婉约的方式,追求着自己心仪的女生,或是文字隽永的书信,或是洁白无瑕的花朵,颇有文艺男的气质。

女生知道,男生虽家在农村,但祖上是书香世家,男生沿袭了家风,看上去温文尔雅。女生被打动了,并答应去男生家做客。

到他家时,家里空无一人,男生出门去找父母。女生环顾四周,发现家里布置得整洁温馨,墙上还贴着他飘逸俊秀的书法。

这时,一个十来岁的少年挑着一担水迈进家门,他衣着单薄,身材瘦弱。女生忙跑过去帮忙,她听男生讲过,自己还有个弟弟。女生掏出一颗糖,剥开后塞进少年的嘴里,少年望着她,眼神里满是感激和惊喜,最后受宠若惊地说了句:"姐姐,你真好!"

很快，男生的父母回来了，热情地张罗了一桌子饭菜。吃饭时，男生母亲对着少年吼了一句："把你的碗拿一边去！"少年赶紧端着碗躲到角落里去了。女生这才发现，少年的碗里只有一个冷馒头。她正暗自诧异，突然，门外又进来一个少年，全身上下都是名牌，他母亲立刻笑脸相迎："儿子，快过来吃饭，你哥的对象来了，快叫姐！"

女生呆住了。原来，挑水的少年是他堂弟，因父母双亡而借住他家。男生对她说，堂弟品行恶劣，还不如辍学在家干活。说完，他扭头对堂弟喊："你快点吃，吃完了把泔水倒掉！"那一刻，女生觉得眼前的男生好陌生。

回城后，女生就和男生分手了。任男生怎么追问，她也一言不发。男生不会知道，几年前，女生的弟弟被人贩子拐走，历尽艰险才被解救出来。弟弟再见到她的眼神，与男生堂弟看她的眼神如出一辙。看着男生堂弟的样子，她犹如万箭穿心。

再儒雅美好的外表之下，若没有一颗纯净善良之心，终究是丑陋不堪的。年少轻狂时，我们常常被事物绚丽的表象所迷惑，直到某一天幻象破灭，瞬间感觉掉进了无底深渊，万劫不复。面对如此纷繁复杂的社会，我们必须炼就一双慧眼，识别本质，洞悉人心。

莫看江面平如镜，要看水底万丈深。愿我们的故事能教你读懂这一点。

守住内心的光亮

这个故事来自一部奥斯卡最佳动画短片的提名作品,名叫《守坝员》。

有一个温暖美丽的小镇,被一座大坝护着。大坝上有一架大风车,每天,大风车都会按时转动,吹散侵袭小镇的尘霾。小猪从爸爸那里继承了守坝员的工作,他每天的职责就是定时转动风车,守卫整个小镇。说起来,身负重担的小猪应该是小镇上的英雄,但事实相反,因为生活在灰蒙蒙的风车屋里,让他整天都是灰头土脸的。他形单影只,不受重视,甚至经常受到伙伴们的欺负。

直到有一天,一只小狐狸来到小猪身边。小狐狸爱画画,他在小猪沮丧的时候,陪着他画滑稽的图案,逗小猪开心。当小猪被欺负得全身脏兮兮的时候,小狐狸用炭笔灰抹花自己的脸,陪着小猪一起变得狼狈,也一起开心地笑。

小猪有了好朋友,变得开心起来,当他看到小伙伴们围着小狐狸一起欢笑的时候,他鼓起勇气走上前,第一次想融入大家。但是,可怕的事情发生了,小猪走近后才发现,大家笑得那么开心,原来是因为小狐狸画了一张新的画,画上是小猪满脸污垢,狼狈至极的模样……

小猪愤怒地从小狐狸的画本上撕下那张画,揉在手中,头也不回地跑远了。因为太伤心、太失望,小猪第一次有了不再守护小镇的念头。他戴上爸爸留给他的防尘面具,然后静静地看着尘霾袭来,将小镇吞噬进一片黑暗之中。

后来,小猪无意中将手中揉皱的画纸展开,他猛然间看到了画中全部的内容——那个狼狈的自己身边,还画着一只小狐狸,同样也是满脸脏兮兮,同样是狼狈又滑稽。那张画原来还有一个可爱的标题,叫"脏脏的朋友"。小猪恍然大悟,他一头扎进尘霾里,奋力地回到风车屋,重新启动了大风车……尘霾被驱散了,小镇再次回到阳光的怀抱,而小猪也重新找回了他与小狐狸的友谊。

守坝员的使命,是抵御黑暗的侵袭,守住小镇上的阳光,然而有时,守住内心的光亮更不容易。愿读完故事的你我,都能及时驱散内心的阴霾,别轻易地被种种误会侵扰,从而错过这个世界的美好。

熟悉的陌生人

朋友给我讲了这么一个故事：一个小伙子，只身从农村来到城市，他只有初中学历，身板儿也单薄，只能找轻一点的体力活干。他在一家保洁公司找到了一份擦玻璃的工作，公司管食宿，每月几百元工资。他很满足，干起活来十分卖力。有人问他："这活又累又危险，工资又低，干吗受这份罪？"他说："我家里穷，文化水平又不高，有这份工作已经很好了，每月还能给家里寄点钱呢。"

整整五年，他身边的同事换了一批又一批，有人甚至刚做了几天就不干了，他却一直坚守着岗位。这座城市里有数不清的写字楼和商场，几乎每幢楼的每块玻璃他都反复擦洗过。他工作一如既往，一丝不苟，在行业里小有名气，很多公司点名要派他来擦玻璃。

有一天，一个新来的女孩问他："听说你擦了五年的玻璃，工资也不高，为什么不换个工作呢？"

小伙子笑了笑，说："会换的。"

后来，一家快餐店开张了，他就是老板。在写字楼聚集的区域，快餐行业竞争自然非常激烈，可他的快餐店开张后，却很快打开局面，迅速占领了市场。

说到这里，朋友停顿了一下，问我："你知道为什么他转行做快餐，会这么成功吗？"

我想了想，说："因为他做快餐，也和擦玻璃一样，非常卖力，一丝不苟？"

朋友笑笑说："这是原因之一，但只靠这点还远远不够。"

原来，在这擦玻璃的五年里，他对遇到的每一个人都露出灿烂的笑容，就这样，几乎每幢楼里的人都认识他。当他从玻璃旁消失，转而把快餐递到人们手中时，人们都会惊喜地说："是你！"

听完故事，我也非常钦佩这个小伙子，他显然对自己的人生有着准确的把握。对擦玻璃这份工作，他是真的知足并付诸努力，而当时机成熟，他也毫不犹豫紧紧抓住。最难得的是，他凭着自己的努力，让每个人脱口而出："是你！"

天　职

最近我听说了一个故事。草原上有两个很厉害的相马师，一个叫巴图，一个叫敖亚齐。有消息说，敖亚齐要把他最宝贝的千里马卖掉。

大家都知道那是好马，但敖亚齐出价太高，人人望而却步。过了几天，巴图来买马，他也不相马，付了钱就牵着马走了。敖亚齐看着那马头也不回地走远，心如刀绞地冲巴图喊："好好待它，这是百年一遇的良种啊！"

几个月过去了，敖亚齐见到巴图骑着一匹拐蹄马，笑着说："你怎么骑这样的马？"巴图说："我的积蓄都用来买你的马了。"敖亚齐惊讶道："那马呢？你不骑，把它卖了也是一大笔钱啊！"

巴图冷笑着问："我问你，你那马是不是失过德？"

敖亚齐一怔，他想起那天驯马时不慎摔在地上，爬不起来，那马却根本不看他，转头吃起了草。他心里"咯噔"一下，不知巴图是怎么知道的，于是狡辩说："那也是好马，配种的好马。"

巴图哈哈大笑起来："好马？好马在主人受伤时，会卧地帮助主人上马，或是跑去找人施救。你那马根本没有马德，你不就是因为这个才把它卖掉的吗？"他摸了摸身下的拐蹄马，说，"那马当天就被我宰了，它要是把这风气传下去，草原会成什么样子？"

巴图宁愿花光积蓄，也要阻止没有马德的马祸害草原。这不由得让我想起另一个故事，讲的是二战时波兰的一个大夫，叫作海尔曼。他医术高超，更难得的是，他对所有病人都一视同仁，总是说："救死扶伤是医生的天职。"

一天，有个盖世太保头目生命垂危，被送往海尔曼的诊所。海尔曼一下子就认出了这个恶人，他支走所有助手，深吸一口气，把手术刀插进了这个人的心脏。海尔曼牺牲前，德国人说："你忘记了医生的天职！"海尔曼笑着说："此刻，反法西斯就是最高的天职！"

让草原上没有害群之马，是巴图的"天职"；救死扶伤，是医生的"天职"；然而反法西斯，是全人类最高的"天职"。我们每个人都有多重的社会身份，每一重身份的天职是什么，孰轻孰重，值得我们用一辈子思考。

娃娃脸

前段时间看了部片子，主人公叫艾利，从小就很懂事，对谁都是笑脸相迎。一次，朋友打碎了她的金鱼盆，心爱的金鱼死了，艾利反倒笑着安慰朋友："没事的，我再买一条就好。"

艾利坚信，只要发自内心地笑，就没有解决不了的问题，艾利就这样笑着长大了。她不知道，总是保持笑容，也是有问题的。直到有一天，艾利发现自己变成了娃娃，脸上是一张陶瓷面具，除了微笑什么都不会。艾利很怕别人发现她脸的秘密，可出乎意料，没有人看出来她的变化，她一直是那个笑着的艾利啊！

这天，艾利走在街上，有个男子跑过来，激动地说："你笑起来像娃娃一样，太招人喜欢啦！能请你参加我们的节目吗？"原来，男子是个星探。

很快，艾利发了一首单曲《微笑》，顺利出道了。艾利的笑脸随处可见，粉丝们纷纷模仿她，还戴上了艾利笑容维持器！可艾利呢，她为自己的娃娃脸苦恼，越来越迷茫，她想找回真正的脸，做回真正的自己，可要怎么做呢？

一次演出前，艾利见到了那条死掉的金鱼，她很抱歉："对不起，我在你死的时候笑了。"金鱼却说："我原谅你了，因为我记得你真正的脸。"艾利这才想起来，她也流过眼泪。她问金鱼："我可以做回真正的自己吗？""只要你有勇气毁掉一切。"金鱼说完就消失了。艾利愣了一会儿，然后走向了舞台。演出开始，音乐照常响起，艾利拿起话筒，没有唱歌，却砸起了娃娃脸。她要打碎面具找到真正的脸，可面具碎了，里面却空洞无一物。艾利崩溃了："不要像我一样失去自我！"

故事的结尾，艾利并没有结束偶像生涯，反倒发了一首新歌：《愤怒》。她换了新面具：黑口罩，烟熏妆……大家感叹艾利太有个性了，经纪人也夸她当众砸脸是天才之举……只有艾利有担心：接下去，她又该换哪张脸呢？

在人与人的关系中，娃娃脸固然受人欢迎，但往往走"脸"不走"心"。有些虽然一时"脸色"难看，但由于是真心使然，倒更加令人亲近。故事的道理也是这样。

温暖的邂逅

最近,我看到一段话,让我感触颇深,大致是这么说的:一个人虽然不在了,但是,和他一起吃过饭的人还在,和他说过话的人还在,和他共同长大的人还在。

这样的事实,让人感受到温暖和幸福。为什么这样说,要从我听过的一个故事说起。米勒在社区里摆了一个卖蔬菜的小货摊,那时食物紧缺,钱又少,人们经常来他的货摊上以货易货。

一天,一个男孩来到货摊上,贪婪地盯着一篮新摘下来的豌豆。他身体瘦小,穿着打了补丁但很干净的衣服。米勒和他打招呼:"孩子,你妈妈好吗?"男孩说:"还好,比之前精神多了。"

米勒问道:"你不想带点豌豆回去吗?"男孩摇摇头,他没钱。米勒又问:"那你有什么东西做交换吗?"

男孩掏出一颗蓝色玻璃球,说:"只有这个,是我赢来的。"

米勒想了想说:"嗯,只是我想要红色玻璃球,而不是蓝色的……这样吧,你把这包豌豆带回家,等你下次来的时候,给我带一颗红色玻璃球。"

男孩高兴极了,谢过米勒就蹦蹦跳跳地回家了。米勒则转过头,对着米勒太太眨了眨眼睛。其实,社区里还有两个这样家境贫寒的孩子,米勒总是想方设法地帮他们。比如,当孩子们带着红色玻璃球来时,他又会说他更喜欢绿色玻璃球。

多年后,米勒去世了。三个孩子已经成了优秀的年轻人,他们不约而同地赶来参加了米勒的葬礼。三个年轻人和米勒太太拥抱,在她耳边低声感谢,然后走向米勒先生的棺木,用他们温暖的手去握死者冰冷的手。

米勒太太哽咽着对来参加葬礼的人说:"我们家从来没有发过财,但现在,米勒可以自豪地说,他是这个社区里最富有的人。"说完,她轻轻抬起丈夫的右手。大伙吃惊地发现,米勒手里握着三颗精致的红色玻璃球。

失去亲人是让人悲伤的,但爱是一场温暖的邂逅,那些缅怀逝者的人还活着,他们的爱,将以逝者为中心向四周传递,抵达每个人的心间。

温暖在身边

读大学时，有次，我和同学一起去买衣服。正砍价呢，忽然，老板粗暴地推了我一下，大声说道："就这个价了，爱买不买，不买拉倒！"被他一推，我撞到身后的同学身上，同学又撞到了别人。我火了："有你这么做生意的吗？价格谈不拢，好说好散，干吗要推我们？"老板也激动了："啊！推的就是你们，怎么了？没有我这样卖东西的，有你们这样砍价的呀？"

我同学气冲冲地走上前，说："买东西砍价多正常呀？你头天做买卖吗？不卖就不卖，走，我们走！"说着，她就要拉我走，可是我却被老板拉住了。我莫名其妙地看着他，发现老板向我们身后使了个眼神。我赶紧转身向后望去，发现一对男女青年正快速地离开店铺往外走。等他们出了门，老板松了口气，跟我们道了歉，说出了原委。原来，那对男女是对雌雄大盗，天天在这片商区流窜作案。有次，老板因为提醒顾客，被这对大盗报复，划破了店里一批待售的皮衣，损失惨重。刚刚那两个贼瞄上了我同学的包，老板急中生智，几个人连环撞正好打掉了那只伸进包里的手。

还有一次，我一个人在外地乘公交车，排在队尾上车。后来，一个男人从我面前插队，就在我紧跟其后上车时，那人猛地一转身，又要下车。我侧身让他，突然发现挎包被拉开了，里衬都被翻出来了。我想都没想，转身跟着他下车，大喊："把钱包还我！"那人回头看了我一眼，将钱包扔在一辆下客的出租车车底。等出租车驶离，我才捡起钱包。一切发生得太过突然，我拿着钱包仍惊魂未定，回头一看，公交车还开着门等着我，顿时一股暖流涌上心头。我上了车，谢过司机，慢慢平复心情。

人的一生中，难免会被贼惦记着，有人像老板那样，用智慧帮人化解危机；有人则像司机那样，用善意温暖年轻的心灵。因为他们，总能让人心生暖意。

选　择

有位国王被敌国俘虏了。敌国传来讯息，只要答对一道难题，便会释放国王。那道难题是：女人真正想要的是什么。全国上下都在热烈讨论，但没人能给出一个令人满意的答案。

年轻的圆桌武士加温听说，森林里有一个无所不知的女巫。于是，加温跋山涉水，找到了女巫。

女巫奇丑无比，身上还散发着恶臭。她注视着年轻英俊的加温，说自己知道正确答案，但要加温答应，必须娶自己为妻。

加温惊呆了，他迟疑了很久，点点头同意了。

于是，女巫爽快地说出了答案：女人真正想要的，是主宰自己的命运。答案传到敌国，果然是正确的。

国王获释回国。加温不顾众人的劝阻，和女巫举办了婚礼。晚上，加温走进新房，看见床上躺着一个绝世美女，忙问她："我妻子呢？"

美女笑了，世界仿佛都被照亮了，她说："我就是你的妻子啊。

我被诅咒,一天中半天是丑陋的女巫,半天是绝世的美女。我的丈夫将有权选择,我是白天变美女呢,还是晚上变美女。"

读到这儿,我也不免要叹一句,不管是故事里,还是现实中,为啥总要面对两难的选择呢?在这个故事中,如果加温选择维持现状,妻子白天是女巫,晚上是美女,就能独享她的美丽;如果妻子白天变美女,晚上变女巫,加温便能获得别人的艳羡。如果是你,会作何选择呢?

加温是这样选择的:"既然女人真正想要的是主宰自己的命运,那就由你自己选择吧!"

美女回答说:"我选择白天夜晚都做你美丽的妻子!"

故事到了这里,有了一个皆大欢喜的结局。有人讲过,世界上没有错误的选择,只要你足够努力,任何选择都能引领你走向正确的道路。无悔自己的选择,尊重别人的选择,故事和现实中的赢家都是如此。

眼见未必为实

暖暖春日读到这样一则故事：有个女人接到初恋情人的电话，说自己正好到她所在的城市出差，想请她去酒店吃饭叙旧，女人犹豫片刻，还是婉言谢绝了。

放下电话，女人却看到老公和一个年轻女子从车上下来，谈笑风生地走进一个高档小区。女人立刻拨打老公的手机，没想到居然关机！女人心灰意冷地走在街上，路过一家精致的西餐厅，她走进去，点了一杯咖啡。此时，她收到初恋情人发来的短信：明天我就走了，你想让我带着遗憾离开吗？女人想也没想就回了三个字：你等我！她决定喝完咖啡就去赴约。

这时，进来一对穿着朴素的母女。女人一看，竟是初中同学红梅！在这里看到她，女人十分诧异，据说，她丈夫得了重病，生活拮据，同学们刚给她捐过钱。红梅在不远处坐下来，熟练地点着菜："这个汤清淡，要这个。冰激凌嘛，这种味道最好……"看她对这里的熟悉程度，就像回到自己家一样。

这会儿见面难免尴尬，女人决定尽快离开。没想到，红梅发现了她，热情地过来打招呼。这时，一个经理模样的人走过来说："红梅，你来了啊，最近还好吗？"女人心想，看来真是常客了，连经理都认识她。

红梅面露微笑说挺好的。经理又说："你走了以后，我们都挺想你的。你今天是来用员工免费餐卡的吗？"员工免费餐卡？女人愣住了。

"是啊，今天是我女儿生日，这张餐卡我特意留到今天呢！"

看着红梅的笑脸，女人的鼻子一下子酸了，如果自己刚才真走了，就误会红梅了。她突然想到了老公和那个女子，也许事情并不是自己想的那样。她当即给初恋情人发了条短信：刚才的短信发得不完整，明天去机场送你。

这时，电话响了，是老公打来的："我手机刚才没电了。这几天，我瞒着你跟中介去看了几次房，想给你个惊喜……"听到这里，女人已泣不成声。

俗话说，眼见为实，然而现实生活中，眼见却未必为实。因为眼睛的"失误"，常常误会了爱人，错怪了朋友，冤枉了他人。因此，当你看到一些不那么愉悦的情景时，不妨先静下心来喝杯咖啡，用心思考一下真伪，或许就在这一杯咖啡的时间里，事情会出现意想不到的转机。

一念之间

有这么一个故事：海啸发生后的第三天，男人醒了过来，他发现自己躺在一个荒无人烟的小岛上，身边除了一只扑棱着翅膀的大鹅，没有任何生命存在。

时间慢慢推移，五天过去了，男人与大鹅没有喝过一滴淡水。男人想到了把大鹅弄死，用它的鲜血止渴，他找到一块小铁片，贴在石头上，慢慢地磨着……

一切准备就绪，男人捉过大鹅，大鹅扑棱着翅膀，似乎在做最后的挣扎。男人跪在那里，紧闭着两眼，握紧了锋利的铁片，他扬起手，觉得自己的喉咙越来越紧。突然，男人爆发出了声嘶力竭的怒吼，只见那块铁片被他扔出去很远，接着，男人张开双臂，拥住了大鹅……

不知过了多久，一架直升机从远处飞来，在小岛上空盘旋。

男人已经站不起来。他张开嘴，想大声喊，可是，干渴早已使他的声带发不出任何声音。在飞机即将离开的时候，大鹅跳起来，拍打着翅膀，"嘎嘎嘎"地大声鸣叫。

男人获救了，与他一同登上飞机的还有大鹅。

后来，男人才知道，在生死存亡的那一刻，吸引飞行员注意力的，竟是他在一念之间扔出去的那块铁片！被磨得光亮的铁片，直插在离男人和大鹅不远的地上，在烈日下闪着光。

一念之间的善意，让命运转弯。确实，很多时候，苦难与幸福、平凡与卓越，甚至地狱和天堂的距离，就在一念之间。

一堂情商课

在一堂主题为"情商"的公开课上,主持人让听众分享与情商有关的故事。

一个叫小婷的先说:"我在医院实习时,有一回,碰到一个大爷腿摔伤了来看急诊,我是接诊医生。大爷一见我就嘟囔道:'这么大的医院,怎么找来一个小屁孩医生?'我听了,十分尴尬。这时,我的老师过来了,她笑着对大爷说:'小婷医生年轻有为,经验丰富。我来协助她,一起为您处理伤口吧!'"

大伙纷纷赞叹,说小婷的老师情商真高,轻松化解了小婷的窘境。

接着,听众小水说:"一天,我从同事那儿听来一个方案,觉得特别有趣。和经理聊天时,我就把方案和经理说了。等我说完,经理笑了:'其实,这是我想的,之前和一些同事说过。'我当时恨不得找个地缝钻进去。谁知经理接着说:'既然你对这个方案这么感兴趣,这个方案的实施就由你来负责吧!'"小水说到这儿,不禁感叹:"经理既告诉了我方案是她想的,警示我以后别盗用他人的想法,又愿意把整个项目交给我,多大度啊!"

轮到幼儿教师阿亮,他说了这么一件事:"一次,我带班里的小孩去公园活动。因为我的疏忽,把一个小男孩落在游乐园里,等集合了才发现人数不对。那时,家长们都来接孩子了,我和小男孩的母亲都很着急。我赶紧联系公园的工作人员,总算找回了小男孩。我正准备接受指责,那位母亲却对小男孩说:'宝宝,阿亮哥哥因为找不到你特别难过,他不是故意的。你过去抱抱他,告诉他没事了。'那个小男孩真的过来拥抱了我。那一刻,我很感动。"

主持人听完总结道:"在大家的故事里,我看到了高情商的关键要素——'真诚心',发自内心地赞美他人;'宽容心',不斤斤计较,给对方一个台阶下;'同理心',和他人沟通时,能站在对方的角度考虑问题。"

生活中,处处需要情商。那么,如何才能提高情商呢?不妨翻开《故事会》杂志,读读故事,从中学习待人接物的智慧吧。

用脚来说话

最近听到一则故事，说一次警方进行例行检查，在一个叫高木的男子家中，意外发现一位被"囚禁"的女孩。这女孩大概受了不小的刺激，警察问她话，她一言不发。

此时，一个中年女人出现了，自称是女孩妈妈。她说孩子是在一个月前失踪的，丢了孩子之后，她便辞了职，到处寻找。说着，女人拿出手机，翻出她发的寻人启事，递给警察。警察一看，照片上就是这个女孩。

然而，令警察感到奇怪的是，那女孩见到中年女人，竟露出一副恐惧的神色，尽管开了口却是反复在问："爸爸在哪？"中年女人抱紧孩子，孩子浑身发抖；中年女人轻声说："乖囡囡，妈妈会照顾你的。"孩子抖得更厉害了。

警察凭直觉判断，她们是一对母女。可这孩子怎么啦？是不是那个叫高木的干了什么见不得人的事？警察立即提审高木。终于，一段案情水落石出：

原来，那个中年女人是个单亲妈妈，在单位也百事不顺。本指望女儿能给自己带来一丝欢乐，可这孩子却活脱脱是个"小冤家"。她不禁心灰意冷，觉得人生很是失败，就以酒浇愁，碰上女儿惹了事，按住女儿痛打一顿。

酒醒过来，她后悔不迭，便在微博上发了一张女儿躺在床上、泪痕满面的照片，写道："孩子对不起，妈妈会照顾好你的。"

原本是想表达悔意，却被网友误以为是孩子生了病，妈妈不离不弃呵护她。点赞、鼓励潮水般涌来，这下妈妈变得飘飘然起来。其后，失去理性的她，竟然一而再、再而三地伤害女儿，还把女儿病弱的照片发上微博，以博得网友的同情和赞扬。恍惚间她成了一个成功的母亲……

高木是她们的邻居，无意中发现了这一切。一天，高木实在忍不住了，偷偷带走女孩，藏匿起来……

听到这里，警察大为震惊。他把高木带到女孩面前，没料到，那女孩一见高木，竟猛地挣脱妈妈的怀抱，一下扑进他的怀里，大声叫道："爸爸，你怎么现在才来？"妈妈像遭了雷劈一般，瘫倒在地……

什么是爱？有的人会说，说得头头是道；有的人会画，画得妙笔生辉；有的人会拍，拍得活灵活现……而作为孩子，可能说不出个所以然，也没办法去表现，然而，孩子却可以用脚来说话。

真相在想象之外

我下班的路上有一个小公园,前阵子,我每次经过时都会看到一个姑娘,她坐在小公园靠近门口的长凳上,满面笑容地说着什么,可她周围并没有人,这让我觉得很奇怪,就对她留意起来。

后面几天,我在同样的时间经过,都能看到她坐在那里,一脸开心。她是在和人讲电话吗?但她并没有拿着手机或是戴耳机呀;她是在等人吗?但她脸上的表情明明不是期待,而是一种幸福的满足。我不禁脑洞大开起来,想象着各种各样的可能,甚至为她编出了一个缠绵悱恻的故事:她从前和男友经常来这个小公园,坐在这条长凳上聊天,但是男友因为某种原因离开了,于是她独自一人回到这里,就像他还在一样,和他说笑聊天……

有天,我下班早了一些,在经过小公园时终于揭开了谜底。那天姑娘没有坐在长凳上,而是蹲在长凳前的草坪里做着什么。我忍不住好奇,走了过去,只见她正打开一个猫粮罐头,放在一只大三花猫的面前，在大猫旁边，还有几只小奶猫在嬉戏。姑娘察觉身旁有人，抬头看了看我，笑着说："它不久前刚当妈妈呢，我给它带些吃的补充营养。"

原来让姑娘开心和满足的，是这些猫啊。看着她的笑脸，我忽然感到羞愧，为自己不着边际的臆测。

在法国电影《天使爱美丽》里，那个经常走进自助照相亭里的光头男人，也引起了女孩艾米莉的注意。男人每次在里面照完相，却把自己的相片撕掉丢在地上离开。这是为什么？这个谜团萦绕在艾米莉的脑海，搅得她无法安宁。最后谜团解开，原来男人是自助照相亭的维修工！他会定期去维护机器，并照一张相片来测试机器运转是否良好。

生活中有各种各样看似奇怪的事情，引发人们的好奇心，人们会下意识地根据自己的经验，去臆测、去推断，但真相总是在想象之外。与其胡乱猜测，不如主动去找到真相，说不定会找到惊喜。

最佳合唱团

之前看过一个短片，说有一个校园合唱团，每个喜欢唱歌的孩子都可以加入，每年，合唱团都会参加全国合唱比赛，并屡次夺得冠军。

索菲是新来的转学生，她因为喜欢唱歌也加入了合唱团。合唱团正在为即将到来的比赛做准备。第一天参加排练，索菲非常认真，老师也注意到了她。排练结束后，索菲被老师单独留了下来。老师让她唱首喜欢的歌，索菲正自信地唱着呢，突然被老师打断了："索菲，接下来的排练，你应该只动嘴，不发声。"索菲一时蒙了，老师让她对此保密，接着又说："你还不够好，唱出声的话会影响大家，也会影响比赛，你也不想让大家知道你唱得不好吧？"

索菲很沮丧，但她还是答应了老师。后来的排练中，索菲都只是默唱。

丽萨是索菲的好朋友，也是合唱团里最有音乐天赋的孩子。最近,她发现索菲排练时都不发声音,情绪也不高,再三询问后,索菲把一切告诉了她。

丽萨非常愤怒。这天排练,丽萨默默观察大家,她惊讶地发现,合唱团里被要求默唱的人还有很多!于是,丽萨向老师提出异议:"为什么他们要默唱?这样对他们不公平!"老师不急不缓,拿出那套劝说索菲的说辞——学生加入合唱团没有条件,但为了保住"最佳合唱团"的荣誉,大家必须以自己的方式全力以赴,声音好听的负责唱歌,声音不好听的负责配合大家、不发声音。丽萨始终不能释怀,可之后,她还是和大家一起按时参加排练。

很快,合唱比赛的日子到了。

老师带着穿着整齐的孩子们来到了比赛场地,一切如常,表演开始。老师在前面指挥着,示意大家开唱,可这时,发生了惊人的一幕——合唱团的孩子们全体在默唱!他们不顾老师的疑惑和愤怒,只做嘴形,不发声音。

最后,老师狼狈地离开了舞台。等她走后,孩子们才集体放声歌唱。

其实,这是丽萨想到的一个主意,她征求了大家的意见,最终决定用这种方式向老师表达抗议。在孩子们的心里,他们不愿为了保住"最佳合唱团"的荣誉而让部分同学失去歌唱的快乐……

做正确的选择

有一个清洁工,她丈夫身体不好,儿子刚上小学,就靠她那微薄的工资撑起这个家。有时候,她也觉得自己快撑不下去了。

这天,天还没亮,她就开始了一天的工作。突然,她在草丛中看见了一个包裹,打开一看,里面是十万元现金。她环顾一下四周,大街上没有其他人。她抱着这十万元,想想躺在病榻上的丈夫,又想想瘦弱的儿子,觉得日子又燃起了希望。

但是,她毕竟是善良的人,她抱着包裹,居然不知所措了。犹豫来,犹豫去,天亮了,阳光照射在她的脸上,人流涌动起来。她自己都难以相信,居然纠结了这么久。嘿!如果要吞下这钱,为什么不在一开始就拿回去?看来,自己终究是好人,还是等失主吧。

又过了一个小时,失主和警察一起来到了她的身边。当失主拿回失款时,喜极而泣,激动地抱住了她。

其实,失主报警后,警察就立刻调来了监控录像。录像中,她抱着包裹，站在原地，显得焦虑不安……后来，保洁公司觉得她人品端正，把她调到了办公室，工作轻松很多，收入也增长了；居委会知道了她家里的困难，定期请医生去为她的丈夫检查；她的儿子在学校里，也感到很骄傲……想当初，如果她一念之差吞下了这十万元，不但会全被查到，而且这笔钱足以让她坐牢，她的家庭将彻底垮掉。

黑也好，白也罢，后果都已经定好了，就看她的选择了，好在她做出了正确的选择。我们每个人在生活中都要做出很多选择，有些看似很小的选择，往往决定了未来。

"天对地，雨对风。大陆对长空。山花对海树，赤日对苍穹。"这是中国古代对于韵律和平衡的美学传统，看似刻板，却奥妙无穷。对子对歪了，就不美了，做人亦然。走歪了，放弃自己了，人生的故事也就到了尽头。

大人物有大人物的故事，那叫历史；小人物有小人物的故事，那叫生活。无论是创造历史还是感受生活，愿我们每个人在关键的时候，都能做出正确的选择。

话题

生活日新月异,话题频繁更迭,但总有一些,是连同故事一起,不会被遗忘的。

我们600期了！

又是一年春草绿。

印象中的《故事会》500期研讨会，言犹在耳，可一转眼，在2016年的早春二月，我们叩响了600期的门环。

是的，时间过得飞快。不过更快的，还是迭代变化的阅读方式。想想吧，昨天，你手中还是拿着个遥控器，对着电视机不断地调换频道。可今天，你却习惯了视线45度向下，习惯了用拇指在手机屏幕上游走。而你手中的手机，已经从4S、5S一路换到6S了。

其实，我们的杂志也在变。只不过是以一种渐变的方式，以你不知不觉的方式。

她变得精短了。曾几何，一则故事动辄七八千字，如今通常只有三四千，而微博故事局限在一百四十字以内，阅读节奏明显加快。就连叙述也简简简，尽快入戏，尽快交锋，然后曲径通幽，柳暗花明……

她变得丰富了。以前杂志的栏目屈指可数，如今却琳琅满目，不断刷新你的视野。题材面也十分开阔，古今中外，一应俱全。

她的形式也多样化了。传统媒体与新兴媒体深度融合：不但可读，而且可听；不但可听，而且可视；不但可视，而且可评……

当然不变的、一以贯之的是她的品质。

我们知道，我们所处的这个时代充满故事而且时刻消费故事。然而，讲故事却不是信手拈来的事，也断然不能信口雌黄。她是一种传播力，是一次新创作。就此论之，这个时代却少有会讲故事的人，故事素养极其匮乏。你在给孩子讲故事时，是不是觉得自己的叙事能力在下降？而在给朋友讲故事时，是不是觉得自己的故事不够吸引人？而信心满满地讲述故事，又是不是认为自己的故事没有价值？

而在我们这本杂志里，你不但可以找到新事、奇事、趣事，还能发现社会稀缺的情怀、智慧和价值观。

乱花渐欲迷人眼，浅草才能没马蹄。新的故事，新的起点，愿与我们的读者朋友携手前行，也祝我们的"朋友圈"越来越大！

爱国如爱家

人们去北京旅游，故宫是必去的景点，这个故事就发生在那里。

这天，参观故宫的游客特别多，入口处很快就排起了长长的队伍。队伍里有一对中年夫妻带着女儿，不知为什么，这一家三口走得非常慢，他们一边走一边不住地东张西望，似乎是被眼前巍峨的建筑所吸引，又似乎是在认真地寻找着什么。不知不觉，这家人和前面的游客拉开了一段不小的距离，排在他们后面的人着急了，开始不耐烦地催促他们。

一家三口不好意思地向人群点头致歉，加快了脚步。突然，女儿指着不远处一道门前站岗的军人，喊道："爸，妈，快看，哥哥在那！"

中年夫妻顿时停下脚步，母亲朝着军人大声道："老大，咱来看你啦！你班长说你今天值班……"母亲的语调里带着哭腔，话没说完就哭了起来。女儿也忍不住哭了，说："老哥，我想你……"

而父亲则低下头，借着擦汗的工夫悄悄擦去了眼泪。

刚才还不断催促的游客，此刻都自觉地站住了。大家心里猜测着：也许这家人赶了很远的路来探亲，也许他们在北京只能待不多的几天，但到了北京他们才知道，儿子这几天有任务……不约而同地，大家都想再给这家人一点时间。

那个站岗的年轻军人始终身姿笔直，纹丝不动，但满脸的泪水"出卖"了他……

游客的队伍终于继续前进了。一个小女孩从年轻的军人身边经过时，突然停下，认真地向他敬了一个礼。后面很多孩子经过时，都像小女孩一样敬了礼。那一家三口没有看到这动人的一幕，他们没有进故宫，而是又转身出去重新排队了，这样，他们可以随着人流回来，再看看他们最可爱的亲人……

表象与真相

先讲一个故事。

某天，主持人采访一个孩子，问他长大后想干什么。孩子说想当飞行员。"想当飞行员好啊。"主持人笑了笑，"那我问你个问题，如果有一天，你驾驶的飞机突然没燃料了，你会怎么办？"孩子想了想，说："会告诉大家系好安全带，然后我就备好降落伞跳出去。"

"这样啊。"主持人听了，摇了摇头，打算采访下一位小朋友。没想到，那孩子却连忙拉住了他："我要去拿燃料，再回来救他们！"

故事告诉我们，千万不要被事情的表象所迷惑。有时我们往前走一步，才能获知事情的真相。

再说一个故事。有一老一小两个天使，来到一个财主家借宿。财主非常吝啬，不但不给他们吃的，还把他们赶到冰冷的地下室过夜。夜里，老天使发现墙上有个洞，就顺手把它给补好了。

第二天，他们又要借宿。与上次不同的是，这次借住的是农户，家徒四壁，不过主人对他们却异常热情，宁愿自己挨饿，也要让他们吃好，还腾出自己的床铺给他们睡。次日一大早，小天使发现女主人在哭泣，一问才知奶牛死了，而这是他们家唯一的生活来源。

很显然，这是老天使干的。小天使憋不住了，大声质问老天使："你为什么要这样对待好人？为什么善恶不分？"

"我真的善恶不分吗？告诉你吧，"老天使笑了笑说，"那天我们在财主家过夜，我发现墙洞外金光闪闪，知道那是外面堆满了金块。我不愿让财主得到这笔财富，所以就把墙洞给堵上了。""那奶牛是怎么回事？""女主人大限已至。昨天晚上，死亡之神要带走女主人，我用奶牛代替了她……"

所以说，有些事并不像它看上去的那样。

我们日常的所见所闻，总不过都是事情的表象。虽说有些表象就是真相，但大多数的表象却不等于真相。这就需要我们下一番去伪存真的功夫。

其实故事也是如此。好的故事不会停留在表象之中，乱象之丛。因此，我们的作者不但要独具慧眼，更要有一双巧手，拨云见日，点石成金。

传递温暖

有个男生刚上大学,他家庭条件不好,所以特别节省,吃饭常常只打半份菜,每天在食堂的消费不超过6元钱。就这样过了一阵子,有一天,他突然收到校园一卡通管理中心发来的邮件,让他去领取生活补助,一共360元。

男生蒙了,心想:自己从未跟别人说起过家庭情况,学校怎么会给自己发补助呢?于是他来到管理中心,询问工作人员是不是搞错了,工作人员却说:"不可能搞错。"男生不解:"可我从没申请过补助呀!"

工作人员解释道:"学校会监测学生一卡通在食堂的消费情况,如果有人每个月的消费低于200元,就会自动给他打生活补助。"

男生惊讶的同时十分感动。一个家庭条件很好的同学听说了这件事,出于好奇,也想试一试。接下来的一个月,这个同学几乎天天去餐馆吃饭,在食堂的消费不满20元。可是,他并没有收到期待中的邮件。这个同学想不通是为什么，觉得这里面说不定有猫腻，于是他来到一卡通管理中心，质问工作人员："我在食堂的月消费不足 200 元，为什么没有给我发放生活补助？"

工作人员接过他的卡，在电脑上查看一番后，回答他说："根据消费记录，你很少在食堂吃饭，所以我们不能认定你是贫困学生。"

这则真实的故事发生在十多年前。故事里的这所大学，首创了"隐形资助"的模式，在关照学生尊严的同时做到了"精准扶贫"。多年后，接受过资助的学生在网上讲起这段往事，仍对学校充满人情味儿的做法感念不已。

被世界温暖对待的人，才有能力把温暖传递给世界，愿我们创造、传播更多这样温暖的故事。

带对象回家

临近春节,"带对象回家"又将成为社会热议话题。希望下面这两则故事,能给正为此烦恼的人们一点启示。

小美是位优秀的女性,早些年总是她在挑选别人,她的母亲也常常为她参谋。

在一次同学聚会上,小美认识了一位校友。那天,他们谈了很多,小美很久没有这样开心过。很快,他们开始交往。小美的母亲却是极力反对,说这个男人举止轻浮。这一次,小美没有听母亲的话,并且很快就结婚了。小美的选择是正确的,她的丈夫很爱她。

小美婚姻幸福,母女关系也渐渐缓和。有一天,小美问母亲,当年为什么说她丈夫举止轻浮。母亲说:"我们第一次一起逛街,他竟然在我的面前勾你的肩。"小美回家后向丈夫说起,丈夫听了,想了一会儿,说:"那次我是拍拍你的肩,让你不要走得太快,你母亲跟不上你了。"

小美的故事，结局是幸福，那小安的故事又是怎么样的呢？

小安的母亲刚过50岁，眼睛便慢慢地看不清楚了，可她依旧要求小安把男友带回家给她"看"。这天，小安把男友带回老家，告诉母亲，他们要结婚了。母亲没有言语，只是取来一对银镯子，都戴在了小安的左手腕上，说："你们在这儿住上一星期，再商量结婚的事吧。"小安只好从命，男友却不怎么高兴。

在那几天里，小安洗衣做饭，端茶倒水，近乎讨好般地为男友做着各种事情。她一改往日的懒散，手腕上的镯子也是快节奏的"叮叮当"。

男友知道母亲看不见，便将他火暴的脾气消了音，施给小安看。终于有一天，在男友又拉长了脸的时候，小安向母亲撒谎，说公司有事两人要走了。母亲又是没吱声，伸手取下小安左手的一个镯子，戴到她的右手腕上。

这时，母亲才平静地对小安的男友说："我家小安从没有为一个人这样匆忙过，所以，你也不必这么匆忙地把她娶回家。"小安看男友摔门而去，却没有追上去。

两个质地上佳的银镯放在一块儿，如果不能碰撞出和谐的音符，不如各自分开的好。

人生路上，无论是倾听爱的叮咛还是遵从内心的声音，前进的方向终是要由自己来选择。

给生活加点戏

在论坛上看到一个有趣的帖子,讨论老师在课堂上讲过哪些效果很好的故事,众多回帖中,让我印象最深的是这样一个故事——

有个大学生选修了一门世界历史课。开学第一堂课上,老师正在介绍课程内容,教室里突然冲进来四个人,他们直接走上讲台,把老师打倒在地,拿起他的公文包就跑。学生们都傻眼了,反应过来后,有人想要追出去,有人拿出手机打算报警,就在这时候,老师站了起来,说:"我没事,大家都还好吗?现在请你们拿出一张纸,尽可能详细地描述刚刚发生的一切。"

老师解释说,刚才发生的"抢劫"不是真的,那些闯入者其实是老师上学年的学生,是他邀请他们来参加这个模拟犯罪实验的。

十分钟后,老师让大家交出自己的作文,然后开始大声朗读每一篇作文。令人震惊的是,大家在描述事实时存在惊人的差异,一个学生说闯入者是四个男人,另一个学生说是三个,也有人说是三男一女。有的学生说其中一个男人拿着凶器,有的学生说老师被打残了,有人却说老师只被推搡了一下,没有挨打……老师读着每个人的描述,大家都在听着。

读完后,老师放下最后一篇作文,说了这样一番话:"历史是从撰写历史的人的角度记录的,就像大家刚刚听到的,历史可以不同,这取决于撰写历史的人。战争胜利者讲述的历史当然和失败者讲述的历史不同,掌握政治权力的人写历史时,视角一定和丧失了政治权力的人不同。在我们开始世界历史之旅前,请大家记住这一点……"

老师的这番话发人深省,然而更让我感兴趣的,是他讲述道理时所采取的戏剧性的方式——既有冲突、转折,又有出人意料的结果。故事作者和老师一样,常常面临一个难题:如何才能让自己的讲述给听众留下深刻印象?我想,一个最简单的要点就是:多些戏剧性,少些平铺直叙……

故事的魅力

前不久在聚会上听朋友讲了这么一个故事：

20世纪中期，国外有个交响乐团，当时，乐团里有一百多个演奏家，可只有一个是女性。有人猜测，莫非是交响乐团对女性演奏家存有偏见，影响了招聘的结果？

为了避免这一情况，乐团决定推行盲选机制，再有面试时，他们做了一个改动，特意安排面试官们坐在帘子后面听面试者演奏，这样一来，面试官们就看不到面试者的性别了。不过结果却并没有什么不同：推行盲选后，面试成功的女性演奏家仍然很少，女性在乐团里的比例仍然没有提高。

于是，大家开始纷纷讨论："这只能说明女性演奏家的水平真的不行呀！""看来男性演奏家的水平越来越高啦！"

乐团里有人不死心，最后又想了一个办法：他找人在面试的房间铺上了一层厚厚的地毯，这一次，面试的结果大不相同：通过面试的女性演奏家的比例立马提升了！

原来，当时乐团的面试官的确存有性别偏见，最开始的时候，他们一看到男性，就觉得男性的演奏水平要优于女性；后来虽然用帘子做了遮挡进行盲选，可前来面试的女性演奏家穿了高跟鞋，坐在帘子后的面试官能听到高跟鞋的声音，虽然不是有意识地辨认性别，但潜意识还是影响了面试的结果；直到最后，地上铺了地毯，性别被彻底模糊掉，面试的结果才得以公平。

听完故事，我着实感到震撼：偏见的力量往往超乎想象，而要意识到这一点，并不容易。

朋友说，这个故事出自国外一个关于偏见的主题演讲，整个演讲里，最让人印象深刻的，便是用来表现"偏见的力量"的这个小故事，这也是他分享的原因——故事的确有一种魅力，让人很快地走进它、吸取它、品味它，最后，传播它。

故事里有金币

郊外公路，人烟稀少，一位火辣美女的跑车抛锚了。地处偏僻，手机信号也不给力，美女求助无门，只得在路边等待好心人的出现，可是直等到太阳都快下山了，连只麻雀都不曾路过。就在这时，有一辆运货卡车驶来，在美女车前十几米开外的地方，慢慢停了下来。从卡车上走下来一个略显邋遢的壮汉，他直盯着美女，嘴角露出一丝不可捉摸的微笑。壮汉向美女走近，令人担心的是，他边走边开始解自己的皮带，脱下了牛仔裤……壮汉走到美女身边，把裤子绑在美女的车头上，另一端连着自己的卡车……就这样，壮汉的卡车拖着美女的跑车，慢慢驶离了窘境。没错，让你虚惊一场，这是一则牛仔裤的广告。

有一位独居的老人，他有一条可爱的秋田犬。小狗陪老人吃早餐，陪他在街上散步，陪他与朋友聚会……一年三百六十五天，老人与他的狗形影不离。有一天，老人病倒了，被救护车送往医院，小狗追着车一直跑,看着老人被推进急救室,却再也没有出来。小狗就一直在医院出口等待,等过日出等到日落,寸步不离。直到有一天,一位老妇人坐着轮椅被家人推着出院,狗狗不顾一切地冲了过去,亲昵地扑在妇人的怀里——接受了主人器官捐赠的老妇人,被小狗一眼就认了出来……嗯,让你心头一暖,这是一则器官捐献的公益广告。

越来越多的广告用故事去表达意图,广告大佬们越来越懂得,谁能讲好故事,谁就能收揽人心。那些先抑后扬的情节设计、出人意料的"神转折"、触动人心的精彩细节、诙谐机智的矛盾化解手段……这些在故事里闪现的智慧点子,不仅在广告里,更在生活的方方面面绽放出魅力,像闪闪发光的金币。

所以,你拿到过故事里的金币吗?收好它吧,因为也许有一天,它也会是你应对生活的一笔重要财富。

孩子的善意

微博上曾有一个热门话题:"小孩有哪些暖心的举动?"网友的回答五花八门,我挑了几个,和诸位分享这些生活中真实的小故事。

有一位妈妈说:那天晚上在家,女儿缠着我讲故事,可我手边正好有工作。为了应付女儿,我对她说:"妈妈买了你最喜欢的葡萄,已经洗好了,你去吃吧!"女儿欢喜地去厨房,端着一盆葡萄回自己房间了。果然,女儿静悄悄地待在房间里,没有再来缠我。我心中窃喜,这方法真是管用。过了大概半小时,女儿忽然捧着盆子出现在我跟前,她举起盆子说:"妈妈,给你吃。"我一看,是一盆晶莹剔透的葡萄,皮已经都剥掉了!原来,女儿刚才在给葡萄剥皮,就为了能让我吃一口不用吐皮的葡萄。

有一位爸爸说:儿子放学回家,他习惯站在门口喊"爸爸",然后我就会去给他开门。可最近,儿子忽然不喊我了,改为敲门了。

我问他为什么，儿子小声说："隔壁的叔叔去世了，那个小哥哥没有爸爸了。我喊'爸爸'，他要是听到了，会伤心的。"

有一个孩子说：记得小时候，有一天，我看到爸爸有件脏衬衫，就学着妈妈的样子，把衬衫打湿放在盆里，搓了一会儿，用衣架挂了起来。我帮妈妈做了家务，心里美滋滋的，然后就出去玩了。回到家，发现妈妈正在重新洗那件衬衫，我纳闷地问为什么，妈妈笑笑说："刚才，晾着的衣服被风吹到地上，又脏了，妈妈重新洗一遍。"等我长大了，才知道妈妈那句话其实是善意的谎言，是对我的尊重……

给孩子讲故事，是让他们睡着；给大人讲故事，是让他们醒来。这些关于孩子的小故事，是否能给诸位一些启示？

小孩的心灵稚嫩又敏感，他们对这个世界的感知力，超乎想象。这些暖心的举动，是孩子们发自内心的善意。请尊重孩子的善意，呵护孩子的童真吧！它们也许是这世上最纯净的东西……

梦想成真

一个农村的男孩，从小跟父亲在田间干活。有天在田头休息的时候，他望着远处连绵不断的群山遐想。父亲问他在想什么。他回答说："我想将来不种田，也不上班，坐在家里，就有人把大笔的钱汇来。"父亲自然不信，让他别做白日梦了。然而出乎父亲的意料，这个男孩为了圆梦，努力学习，大学毕业后，因为写得一手好文章，很快成名，稿费汇款单真的像雪片般飞来。

在英国，也有一个关于梦想成真的故事。有一个退休教师，名叫布罗迪，他在整理家中的阁楼时，发现了一叠发黄的旧练习册，他们是皮特幼儿园B2班31位孩子的教学作文。这些作文竟然在布满尘埃的阁楼上躺了50年。

作文的题目是"未来我是——"，31个孩子有31个梦想：有想当驯狗师的，有想当领航员的，有想当教师的，有想当王妃的……

布罗迪突然萌发了一个想法：把这些本子重新发到同学们的手

中，让他们看看现在的"我"是否实现了50年前的梦想。他在报刊上刊登了一则启事。不久，一封封回信带着问候，也带着对自己童年梦想的好奇，纷纷来到布罗迪的手中，他们中有功成名就的学者、企业家、官员，更多的是平凡的普通人。

一年过去了，布罗迪手中只剩下盲童戴维的作文本。他写在作文本中的梦想是想当一名内阁大臣。他认为，在英国的历史上还没有盲人进入内阁的先例，他要创造历史。

正当布罗迪猜测着各种可能的时候，他收到了来自英国内阁大臣的来信，信中的内容让他大吃一惊，也分外感动：我就是戴维，感谢你还为我保存着儿时的梦想。不过我已经不需要那个本子了，因为从那时起，我的梦想就一直在我的脑子里，从未放弃过。50年过去了，我已经实现了那个梦想。

第一个故事的主人公名叫林清玄，他曾连续十年被评为台湾十大畅销书作家。而英国内阁大臣戴维也确有其人，是前首相布莱尔的内阁成员之一。那些看似天马行空的梦想，正是因为人们的坚持而得以实现。而他们的经历又被写成了故事，激励着更多人去拥有并实现自己的梦想。那今天的你，是否仍在追梦的路上？

陌生人的故事

最近有个在网上流传很广的帖子，题目是："与陌生人的哪些故事，让你感触很深？可以是信任与温暖，也可以是欺骗和教训"。

在我的印象中，"陌生人"这三个字冷冰冰的，和温暖无关。出人意料的是，网友所讲的故事，几乎全是来自陌生人的善意。

有人留言道："一次，我手里拿了两个气球走在路上。一个小女孩走过来，害羞地问我讨一个气球。我一看，小女孩大概只有五岁，就把气球递给她。刚想走，小女孩从兜里掏出两颗巧克力，对我说：'姐姐，我不能随便拿人家东西，我拿巧克力和你换。'说完，两只眼睛看着我，羞怯中带有一丝期待。那一刻，这个陌生的孩子在我眼里，就像一个小天使。"

还有人写道："刚毕业，独自去外地面试，向一位四十多岁的阿姨问路。阿姨热情地说：'我带你去车站吧。'可是阿姨走得很慢，我便忍着焦躁与阿姨同行了一段路。阿姨陪我过了马路，走到车站，对我嘱咐了两遍应该怎么走，说完转身离开。我看着阿姨的背影，忽然发现，她是个瘸子，刹那间我的泪水便出来了。"

最让我感动的是一个留学生写的："第一次在国外过春节。晚上十点，坐地铁回家，地铁站里很空旷，有个卖艺的大叔拿着吉他在演奏。他一直盯着我看，盯得我心里直发毛。那段时间，常听说有白人专门抢劫胆小的亚洲女孩子。大叔拿着吉他朝我走过来，我心跳加快，不知道他想干什么。大叔开始弹曲子，不是很熟练，但是我听出来了，他弹的是《茉莉花》……"

陌生人的故事，有没有打动到你？也许，你在看这些故事之前，不太相信陌生人的善意。打开电视，太多新闻让人沮丧，似乎人心变坏，世道冷漠。时间一长，你也与冷漠为伍，将善意隐藏在心底不敢表露。

一个故事不可能改变整个世界，但如果能改变你的一个念头，那我想，这个故事就是有价值的。用行动温暖这个世界，先让自己变成一个温暖的陌生人吧。我知道，你一定会这么做的！

爬雪山的小熊

最近,有个视频在网上广为流传,标题是《超励志的小熊》:

在俄罗斯,有一只小熊跟着妈妈攀登陡峭的雪山。妈妈很快登顶,小熊则远远地落在妈妈身后。小熊一次次地在半山腰跌倒,好不容易快爬到山顶,熊妈妈却不知为何,一挥手将小熊推了下去。小熊没有放弃,一骨碌从雪地中爬起,又一次向山顶爬去。在第四次尝试之后,小熊顺利地和妈妈会合了。

网友各抒己见。有人说:"被这只小熊感动到落泪了。反复尝试,不要放弃,一定能获得成功!"也有人说:"我们做父母的要向熊妈妈学习,学会放手,不要代劳,适时给孩子考验,让孩子自己不断尝试。这样,孩子总有突破自我的那一天。"还有人说:"有些心酸,熊妈妈看到小熊快成功了,还要把孩子之前的努力归零,幸好这是只坚强的小熊!"

经过热烈的讨论和转发,短短几小时,视频点击量就突破了百万。

有一个野生动物专家看到这则视频，产生了疑问：熊妈妈为什么要挥手推开小熊，故意给孩子制造困境？这个视频又是谁拍的？

反复观看之后，专家给出了截然不同的解释：视频是无人机拍摄的。在野生环境中，动物对无人机十分警惕，视其为"入侵者"。一开始，熊妈妈的确在山顶上等小熊慢慢爬上来，小熊快登顶时，熊妈妈发现无人机在向它们靠近，它认为危险将至，所以一把推开小熊，想让它逃过一劫。也就是说，这则视频与励志无关，而是熊妈妈在面对危险时，愿意牺牲自己，保护小熊。

一个视频，两种解读。认为小熊励志，是用人类思维去判断动物行为，最终只是人类的一厢情愿。动物有独特的生活习性，人类习以为常的"拍摄"，在动物看来，其实是一种莫名的侵扰。

保持独立思考，切勿人云亦云。一个看似温暖励志的故事背后，也许隐藏着令人意外的反转。

让我们一起拥抱春天

转眼之间，2018年的新春悄悄来到大地。过去的2017年，对于传统媒体来说是非常艰难甚至痛苦的一年。这一年，许多曾经作为城市名片的报刊亭消失了。一些曾经耳熟能详的报刊，折戟沉沙，离开了我们的视线。令人欣慰的是，严寒霜剑的冬季，《故事会》挺过来了。

2017，我们还常常被提起：

《故事会》获2017年全国"百强报刊"称号，被评为"华东地区优秀期刊"；《中国好家风故事读本》获"2017年主题出版重点出版物"。

《故事会》微信公众号入选第二届"大众喜爱的50个阅读微信公众号"；《故事会》荣登2017数字阅读影响力期刊TOP100，国内排行第3名，海外排行第15名，公共文化服务领域阅读第2名。

我们推出的2017年"十大好故事""十大笑话""十大幽默故

事""十大插画",在读者中间好评如潮……

我们知道,所有这些来之不易的成绩,离不开你对我们一以贯之的支持!因为有你,所以精彩。

2018年是改革开放40周年。40年前,我们在上海文艺会堂召开全国故事工作者座谈会,振聋发聩地喊出"打回老家去"的口号,从此创下了《故事会》40年的辉煌历史,至今仍处在中国期刊的第一梯队。今年,我们将以特别的方式,隆重纪念这个历史时刻,开启我们新的征程。

我们将设立更多的故事大奖,让你的作品物有所值,物超所值。

我们将打造故事的视听盛宴,满足你对故事的审美需求。

我们将开通更为便捷的通道,让你不再为买不到杂志而苦恼……

新时代,新气象,新故事。一切都在变,然而,一切却又没变。

记得《故事会》出版500期之际,我们发表过一篇《小草颂》。我们"故事会人"乐于把自己称为"小草"。也许,绿色的小草没有鲜花的芬芳,也不会长成参天的大树。然而,小草却因植根于大地而获得永生。

亲爱的朋友,当春天来临的时候,漫山遍野,绿草茵茵,一派生机盎然,你难道不会为之怦然心动吗?

生活中的分享

有一个父亲问他的三个儿子:"如果你们有一筐容易腐烂的桃子,怎么样才能一点都不浪费呢?"

大儿子说:"我会先挑熟透的吃。"父亲立即反驳道:"等你吃完那些,其余的桃子也开始腐烂了,说不定就会产生浪费。"二儿子思考再三说:"我会先吃那些熟得刚刚好的。""那熟透的桃子怎么办?"父亲对二儿子的回答也不满意。这时,一直沉默的小儿子说道:"我会把桃子分给邻居们,让他们帮着吃,这样就不会浪费了。"父亲听了,不住地点头。

在我们的身边,总是流传着各种关于分享的故事,大多数都是教育我们要学会分享,下面这则故事却有些剑走偏锋。

故事的主角是一对老夫妇,这天,他们互相搀扶着走进了麦当劳。瘦小的老头去点餐,他点了一个汉堡、一包薯条,还有一份饮料,一切都是一份。老头走回座位,他撕下汉堡包装纸,然后很认真地把汉堡分成了大小相等的两份，一份放在自己面前，一份放在妻子面前。之后他又把薯条分成了两份，一份给了妻子，一份留给自己。最后老头把吸管插进杯子里，吸了一口饮料，然后看了妻子一眼，妻子没有吃桌上的东西，只是抿了一口饮料。

当老头拿起一根薯条要往嘴里放的时候，一个小伙子走到老夫妇的餐桌旁，很有礼貌地说，自己愿意为他们再买一份套餐。老头委婉地拒绝了，说他们已经习惯一起分享任何东西。

很快，餐厅里的人注意到，老妇人没吃汉堡也没吃薯条，她只是静静地坐在那里看着丈夫吃，偶尔喝一口饮料。那个小伙子看不下去了，又提出要帮他们买点吃的。这次是老妇人拒绝的，她也说他们习惯了一起分享任何东西。

老头吃完了，利落地擦了擦嘴。那个小伙子实在看不下去了，他再次提出帮他们买点吃的，结果又遭到了拒绝。小伙子问老妇人："你不是说你们总是一起分享任何东西吗？可为什么他在吃，而你却看着呢？"老妇人笑了笑说："我在等假牙，我们共用一副。"

生活中的分享总是带着明快的色彩，比如小儿子的桃子、老夫妇的假牙，还有那些关于分享的故事，以及将故事分享给身边人的你。

世界上最近的距离

最近在网络上看到一个很特别的微电影：

年轻妈妈在外出差，年轻爸爸独自在家陪伴出生不久的宝宝。宝宝毫无征兆地大哭起来，缺乏经验的爸爸赶紧手机视频求助。妈妈在视频那头给出了第一个主意："快给宝宝放三只小猪的动画片！"爸爸找出动画片放给宝宝看，可宝宝依然使劲地哭。

爸爸无助地对妈妈说："没用，怎么办呀？"妈妈想了想，给出了第二个主意："你让宝宝看手机屏幕，我来逗他笑。"只见妈妈亲昵地呼唤宝宝的名字，卖力地对着摄像头变换各种鬼脸，但宝宝看着视频里的妈妈，跟见了陌生人似的，哭得根本停不下来。

手足无措的爸爸没招了，沮丧地把手机放下，而宝宝依然在哭泣。他望着摇篮里的宝宝，第一次，慢慢地伸出了自己的双手，轻轻地，把宝宝揽进了自己的怀抱之中。这时，奇迹发生了，宝宝止住了抽泣，咧开嘴笑了。视频那头的妈妈看到这一幕，激动得泪流满面……

　　看完之后，我许久回不过神来。高科技发展至今，切实革新了我们的生活方式，但高科技的发展也带来了质疑的声音，比如那句著名的"世界上最遥远的距离，是我在你身边，而你却在玩手机"。科技时代无疑是空前的进步，但虚拟空间的存在，的确也容易让人忽视存在于本能之中、最真实的情感交流。

　　科技能为我们带来太多不可思议的惊奇与快乐，但它取代不了人与人之间最朴素的感情需要：它能让相隔万里的情侣在屏幕两头互诉衷肠，却抵不上真实的一个吻；它能让年迈的父母时刻听到儿女的问候，却抵不上他们回家吃一顿饭；它能让宝宝随时看到色彩缤纷的动画片，却抵不上妈妈亲口讲述的一个晚安故事。

　　当你看到这段话的时候，我想你应该能懂。试着给亲朋好友说一个你最喜欢的故事吧，试着反转那句质疑科技时代的名言："世界上最近的距离，是你在我身边，我在给你讲故事"……

撕掉标签

朋友告诉我,她最近新认识一个男人,双方趣味相投,有点想继续发展的意思。但问题是,男人双鱼座,她是白羊座,别人都说这俩星座不搭,问我怎么办。

我想了想,给朋友讲了个故事:有个女孩,她曾经读过一篇关于睡姿的文章,说专家经调查分析,得出以下结论——向左睡的人自私,向右睡的人大度,仰面睡的人稳重,趴着睡的人粗心。女孩上了大学,一个宿舍四个人,搬进去第一天,大家都熟睡了,女孩忽然想起那篇文章,就好奇地悄悄起身观察,发现三人中只有阿宝是朝左睡的。那天之后,女孩总忘不了"向左睡的人自私",开始和阿宝保持距离。

其他两个室友发现女孩明显在疏远阿宝,问她怎么了。女孩支支吾吾,大家也不问了。有时,女孩听到阿宝发牢骚,她会暗想:没错,阿宝这人是自私呀!

一天晚上,阿宝不在寝室,女孩忍不住向室友宣布了那个推论。等女孩说完,有个室友笑了,反驳道:"刚搬进来那天,阿宝睡你下铺,她见你还没来,就踩着梯子帮你把上铺的灰擦干净了。结果下来的时候不小心踩空,摔了一跤,右胳膊磕青了一大块,一碰就疼,她能朝右睡吗?阿宝还叫我们别告诉你呢!对了,你说朝左睡的人怎么来着?我每天醒来可都看见你是朝左睡的……"

听完这个故事,朋友好像有点明白了,她问我:"你的意思是,别被那些不存在的因素影响了自己的判断?"我笑笑:"是啊,像星座、心理测试,都是人为的标签,你要是太在意,很可能会失去一段原本可以顺利发展的恋情呀!"

朋友若有所思地走了,我也陷入了新的思考。生活中,人们热衷于贴标签:超过三十没结婚是"剩女"——比如我那位朋友;毕业了不工作是"啃老";说到娱乐圈就是"潜规则";开辆宝马就是"富二代"……

标签往往伴随成见,所有的事物,都不该用狭隘的目光看待。作为一本老牌杂志的编辑,我们也希望读者每一次都能用崭新的目光翻开杂志,感受我们点滴的变化。我们步履不停,用"只此一家"的好故事,为大家的故事之旅带来不一样的精彩……

套路与故事

麦姬是个三十出头的女服务生,她的心中藏着一个不为人知的梦想:成为一名优秀的拳击手。麦姬省吃俭用,攒下每一分客人给的小费,找到了著名教练法兰克,要求做他的徒弟,并信誓旦旦地说:"只要你训练我,我就能成为冠军。"

面对这个自信的女孩,法兰克却拒绝了,理由是:"我从不训练女孩。"麦姬没有放弃,她依然每天都去拳馆报到,一个人打沙袋、练习步伐……日复一日,法兰克被她的执着打动,终于答应做她的教练。

在专业教练的训练下,麦姬迅速成长。在一场关键比赛前,教练送给她一件绿色战袍,上面写着一个神秘的单词:"莫库什勒"。没有人知道这个单词是什么意思,但所有人都记住了这个穿绿色战袍的新人。

"莫库什勒"成了麦姬的代名词,她打败了一个又一个选手。

可惜，意外还是发生了，在一次重量级对决中，麦姬倒在了拳台上。麦姬临终前，教练终于对她道出了神秘单词的意思：女儿早年和自己断绝了关系，他一直很思念女儿。"莫库什勒"是高卢语，意思是"我亲爱的小宝贝"，原来，教练在心中，早已将麦姬视作自己的亲女儿……

这个故事，出自我很喜欢的一部电影：《百万美元宝贝》，第77届奥斯卡最佳影片。

从出身低微的平凡女孩到泪洒拳台的悲情英雄，这样的故事套路很常见，却能屡屡赢得观众的眼泪，为什么？因为，每个平凡人都渴望自己的生活中出现奇迹，这样的套路，最能满足观众内心的期待。而"莫库什勒"的细节设计更是神来之笔，一个单词道出了人物内心隐藏的故事，硬汉柔情这样的戏剧反差，轻易就能赢得人们的共情。

并不是所有的套路都会坠入窠臼之中。塑造好人物形象，刻画好故事细节，这才是套路之外，好故事最关键的元素。

微信支付

老母亲想要开通微信支付,可阿钟一直没时间帮她办。

这天,母亲给阿钟来电话,问微信上转账出去的钱,能不能收回来。阿钟一惊:母亲啥时候会微信转账了?他直觉事情不妙,立马赶回家,听母亲支支吾吾地说了大概:最近,母亲不但自己开通了支付功能,还跟着群里的朋友一起买了一款旅游产品,以直接转账的形式付了款。因为价格低于市场价很多,母亲越想越不放心。

阿钟一听,没好气地说:"手机购物花样多,支付门道也多,您自己瞎折腾,很容易出错!您怎么不等我呢?"

"等你?你哪有时间!"父亲在一旁听不下去了,"现在,我们老人家也都流行用手机支付,每每子女们教了点新奇玩意儿,也会忍不住在群里'显摆'。你妈呢,总插不上话。遇到手机支付不会弄,她也不愿意让别人帮忙,因为总有人会嘀咕'这种事,儿子怎么不帮你弄呢',你妈听不得别人说这种闲话……"

阿钟心里不是滋味，母亲想岔开话题，就轻轻问了一句："钱还要得回来吗？应该……还有 24 小时吧？""什么 24 小时？"阿钟听得不明不白。

母亲点开"微信钱包"的设置界面，阿钟一瞧，愣了，原来软件有"转账到账时间"的设置，母亲设置了 24 小时后到账。对方已点了收账，但界面上有延期到账的提示。也就是说，钱还未到对方账户，还有时间与之取得联系，争取挽回损失。阿钟忍不住问："妈，您从哪儿学的这些？这功能我都不知道！"

"自学的！"父亲抢着说，"她用最笨的方法，把软件里的条条款款都点开来研究，她学会怎么弄了、弄顺溜了，才敢在群里说，这是她儿子教的！"

阿钟一时不知说什么好，他仔细看了母亲微信群里的活动详情，原来是旅游产品的团购，难怪价格优惠。见儿子把了关，母亲这才松了一口气，只是阿钟的心里却有说不出的酸……

父母常说，人就应该活到老，学到老，但不知为何，此时此刻却希望他们不用再费劲学什么，因为他们会做的、不会做的，都想替他们去做，就像一直以来他们宠着我们那样。

细微处的温柔

论坛上有个很火的帖子,是说——请你写下生命中难忘至极的瞬间。其中,有几个小故事是这样的:

有个女儿,一直对父母耿耿于怀,因为她读中学时,家里买了一台大电视,她想让电视机放在客厅,可父母坚持把电视机放在自己卧室。为此争执了好久,父母才妥协。很多年过去了,有天,母亲忽然给女儿发了条短信,说:"当年,我们想把电视机放在自己卧室,其实是想你能来我们屋看电视,这样可以多陪陪我们……"女儿终于释怀了。

有两个老婆婆,在火车站的候车室里等车,其中一个是来送另一个的,两人手拉着手,在一起不停地唠叨着。要检票了,一个老婆婆站起来,说了句话,差点把周围人的眼泪给逼出来——"姐啊,今年我89岁,你90岁,这大概是我们这辈子最后一次见面了……"

还有个女的,看到新闻,说有个人得了癌症,家里人怕花钱,不给治了。晚上临睡前,这女的就问老公:"如果我得了绝症,你会给我治吗?"她老公都快睡着了,迷迷糊糊地说:"别瞎说……倾家荡产也得治!"这女的又问:"如果你得了呢?"老公说:"那就不治了。"这女的很好奇,问:"为啥?"老公告诉她:"因为到时候就剩下你一个人,挣钱怪不容易的。"

  这些小故事不是我虚构的,它们都是真实的,曾真切地发生在网友的生命中,并成为他们念念不忘的记忆。所以,你看,难忘的,不一定是轰轰烈烈的;点滴处,更会有刻骨铭心。记得有首诗里说道:"心有猛虎,细嗅蔷薇。"猛虎尚有细腻之时,请你也放慢脚步,去留意自己生命中的温柔和美丽。或许,你会发现——平淡生活有诗意,细微之处满真情。

新与旧的故事

那是在日本明治时期，有个叫巳之助的少年，平时，他在后厨帮忙生火的时候，总会抱怨原始的打火石不如火柴好用，年轻的他总想着出去看看新事物。终于有一天，他得到了去附近城镇工作的机会，傍晚时分，整个城镇家家户户都点燃了煤油灯，那一片光明的景象让这位少年大开眼界。他用赚来的工钱，买下了他的第一盏煤油灯并带回了村里。村里的百姓见识到了煤油灯的好处，纷纷向巳之助订购，就这样，巳之助靠卖煤油灯赚了钱，他娶妻生子，生活安定。

几年后，巳之助再一次来到城镇，没想到，他发现镇上的人家已不再依靠煤油灯来照明，而是换上了更方便、更安全的电灯。这一次，巳之助没有了当年看到新事物的兴奋之情，回到村庄后，他甚至不敢告诉村民自己在城镇里的所见所闻。是啊，如果大家知道了有电灯这么个好用的新玩意，谁还会来买他的煤油灯呢？

很快，村里也传来了通电的消息，尽管巳之助百般阻挠，还是没能阻止村长同意给村庄通电的决定。巳之助的生意砸了，他心灰意冷并迁怒于村长。一个夜晚，他偷偷潜入村长家，打算实施报复，他想点火烧了村长的马厩，可当他用身边仅有的打火石点火却屡打不着的时候，他猛然想起了当年自己的"抱怨"——打火石不如火柴好用，旧的东西被更优秀的新生事物替代，这是时代在进步啊！

巳之助及时醒悟了，他决定放下一切，还像自己少年时那样，勇于去发现生活中更多的新事物。这个故事，来自于日本小说家新美南吉的儿童文学作品《爷爷和玻璃罩煤油灯》。这是个老故事，但在今天，给了我新的感触。

社会万象，日新月异，人们的喜好也在不断发生变化。读者们期待在我们的故事里感受更多的新鲜；作者们则努力地用他们的作品传递更多新的时代信息。我想，这不正是时光长廊中，故事能持续展现魅力的原因吗？

走入你的心

话说，早在 2008 年，科学家们在北极建成一个种子库。

它修建在北极圈内距离极点 1000 多公里 Svalbard 岛上的山体中，现在储存着来自全球超过 4000 种植物品种的种子备份，以防人类赖以生存的农作物因为重大灾难而绝种。

这个种子库的设计十分安全可靠，因为北极圈气候恶劣、寒冷，所以人迹罕至，不用担心人为破坏。

种子库入口比海平面高出 130 米，所以即使全球气候变暖，北极冰层融化，也难以将其淹没。在竣工前的一周，它还经历了一场 6.2 级地震，整个建筑安然无恙。

这里目前存放着超过 86 万个种子样本，科学家们视它为可以抗击各种灾难，运行到直至地球毁灭的"末日地窖"，是整个人类最后的希望。

然而最近，这座"末日地窖"收到了建成以来的首次提取种子备份的申请。

这份申请，来自战火纷飞的叙利亚。

2011年叙利亚战争打响之后，位于叙利亚阿勒颇市的植物种子库遭到了战火的严重破坏。研究人员不得不向"末日种子库"求助，申请提取他们研究所需要的种子，来对抗种子短缺问题，缓解因为战争带来的生态破坏。

这个本来是到世界末日才用得上的种子库，因为战争，居然现在就已经发挥了作用……

这个故事在朋友圈里被疯狂转发，因为它是一个有重量的故事，触动了众多读者的心灵。在这个故事里，"和平"不再是一个抽象的字眼，而是饱含深情，充满期盼，像是一颗种子，深深扎入了我们心中。

"新鲜奇巧、入情入理"一直是我们甄选故事的基本标准，但还有一个更重要、也是更高要求的标准，那就是"入心"。

我们的祖先用讲故事的方式，把"仁义礼智信"的道理代代相传，而今，我们也希望能用故事的形式，把善良、礼让、信任、友爱、忠诚、正义和勇气的种子，温柔地包进故事的糖果里，藏进人们的内心，希望久而久之，我们的心里，也会多一层温暖的底色……

共同战"疫"

鼠年春节的大年初五,我和妈妈"吵"了一架。她心疼 N95 口罩价格不便宜,用了就弃实在可惜,便把口罩水洗后晾晒起来,还固执地说,这是经过了"严格消毒"的。我一时无言又实在气急,便和她打起冷战来。我闷闷不乐地刷手机,关于疫情的信息占据了各大热搜榜,全国新型冠状病毒肺炎确诊病例的数字不断攀升,看得人揪心。然而在众多报道中,我也读到了不少温暖人心的小故事——

"疫情严重,一名小伙捐出了 18000 个医用口罩。当下口罩紧缺,这个普通的农村小伙哪来那么多口罩囤货?原来小伙曾在一家口罩生产工厂务工,厂方效益不好,拿价值两万元的口罩给他抵了工钱。小伙捐出的是自己的血汗钱!"

"有个小伙匆忙跑进派出所大厅,丢下 500 个口罩,并向值班民警们说了句'你们辛苦了',转身就跑。民警们反应过来后急忙追出去,却未追上小伙。民警们只得对着小伙跑远的背影庄重地敬礼……"

"有人发现不少奋战在抗疫一线的医务人员,他们的行李中塞得最多的物品竟是纸尿裤。被问及原因,有位医务人员这样回答:'医用防护服是紧缺物资,穿脱过程中容易受到污染,所以我们穿上纸尿裤工作,尽可能不浪费防护服。'"

"身为医务人员的妻子即将出征前线,看着大巴缓缓驶出站头,不善言辞的丈夫对着妻子哽咽喊话:'你若平安归来,我就承包一年的家务!'"

这些小故事,让我渐渐平复了烦躁的心绪。病毒肆虐,疫情凶险,越来越多的"勇士"加入了这场战役,我又怎能顾着和家人赌气而不干正事呢?我迅速查询了防疫口罩的使用说明,试图再次说服妈妈,却听到厨房传来妈妈翻箱倒柜的"大动静"。我跑出去,问她:"妈,您又在干什么?"妈妈眼神避开我,却朝着垃圾箱努努嘴,道:"我刚才也查了,专家说废弃的口罩要用酒精灭菌后再丢才妥当,我找酒精呢!"看着垃圾箱里躺着被费力洗净又晾晒好的口罩,我笑了。疫情给我们的考验很多,但这场战役中,我们如此努力,所以,我们一定能赢!

心 理

千万种心理,可以生出千万种可能,有时候一点点的转变,就可以让心回到赤诚。

"老掉牙"的故事

朋友聚会,起哄让我讲故事。有个朋友特意说:"别讲那些老掉牙的故事!"

我便笑笑,自顾自讲了起来:

有一位大娘,年轻时赶上战乱,白天绣花,晚上织布,勉强维持一家人的生计。

这天晚上,一个面黄肌瘦、脚步蹒跚的女子上门乞讨。大娘将女子扶到屋内,喂她喝了一碗热水。半天,女子才缓过神来。她环顾一下屋内,哀求大娘:"我讨了一天,也没讨到一口吃的。求您收留我,我也会绣花织布!我还要养活好几个孩子呢……"大娘哪里有闲钱请人?但她见女子太过可怜,便咬牙同意了。女子就留在大娘家,她很聪明,不管多么复杂的绣活,学一遍就会,手艺也不比大娘逊色。

大娘付给女子工钱,从不克扣拖延。一天,她算账时发现少了几块钱。开始，大娘以为自己记错了，可没多久，又少钱了。于是，大娘留了个心眼，终于在女子伸手时，捉了个现行。女子"扑通"跪下，哀求说："我对不起您，但是孩子们吃不饱呀……"女子自知理亏，羞愧地站起身，大娘却又叫住她，塞了几块钱，说："买些丝线自己绣吧，别再走歪路了。"女子含着泪接过钱，转身离去……

十几年后，大娘的大儿子要娶亲了。在大喜前一天，大娘发现门外有个包裹，里面装着一床崭新的棉被，上面绣着精致的百花图。大娘一眼就认出了这是收留过的女子的手艺。她不安地说："一床百花被至少要绣半个月。我当年不过给了人家几块钱，哪里值得她这样回报？"

过了几年，二儿子结婚，又收到一床百花被。等到小女儿快结婚时，大娘提前好几天就睡不着了。她每天守在门口，终于看到有个女孩悄悄提着包裹来了，包裹里仍是做工精美繁复的百花被。大娘上前拽住女孩，问是怎么回事。

女孩见瞒不过，笑着说："我是她的女儿。妈妈眼睛花了，早就不绣了。这三床百花被是她多年前就绣好的，她说您家有三个孩子，一个都不能少……"

听完故事，朋友们都不说话了。世界在变，我们在变，故事在变，但对真善美的渴望和追求始终不变。故事里那段"老掉牙"的往事，那份"老掉牙"的情谊，也许正是触动我们，也是我们渴望拥有的珍宝。

3000万与一只狗

新年前夕,彩票站贴出了新一期的宣传海报,中奖金额高达3000万。一个老爷爷牵着小狗福瑞克走进店铺,买了一张彩票,当作给自己的新年礼物。

回到家,老爷爷笑眯眯地对老奶奶说:"假如彩票中了奖,我们的日子一定会很美好!"

福瑞克在一边听着,不禁想:什么才是美好的日子呢?也许老爷爷和老奶奶会穿着好看的衣服,住进豪华的大别墅,更重要的是,他们可能会拥有一只配得上"美好日子"的狗,就像刚才在回家路上看到的那只优雅的贵宾犬……福瑞克照照镜子,镜子里的自己干瘪瘦小、毛发稀疏,看上去一点都不讨人喜欢。第二天,老爷爷按时来给福瑞克喂食,却发现福瑞克不见了。他和老奶奶四处寻找,都没有见到福瑞克的踪影。后来,老爷爷写了很多份寻狗启事,或张贴在路边,或分发给路人……终于在一个雨天的傍晚,一对年轻的情侣把离家出走的福瑞克送了回来。两位老人欣喜万分，老爷爷突然回身进屋，取来一张彩票，毫不犹豫地递给了那对年轻情侣。

原来，当初老爷爷在寻狗启事上这样写道："送回爱犬，愿赠中奖彩票一张。"

是的，老爷爷和老奶奶很幸运，就在几天前，他们的彩票真的中奖了，然而他们却觉得，找回福瑞克是他们更大的幸运。

这个故事来自国外一则广告，起初觉得故事虽然感人，但毕竟是广告，有夸张之嫌：中奖得了3000万，拿出100万来找狗都绰绰有余，哪需要全数交出呢？直到有朋友跟我说了一件真事：有个男人辛苦了一辈子才在家乡盖了两栋房，日子正要好起来，他的儿子却走丢了。他请乡亲帮忙写寻人启事，乡亲问他酬金要写多少。他想也没想，就报了自家的地址。终于，儿子被好心人送回，男人二话没说，收拾了行李就腾出了房子。后来，儿子却埋怨他："爸，您失算了呀，当初您就不该把两栋房子都押上！"那时，男人正在出租屋里修旧电扇，他头也没抬，却笑着说："臭小子，当时哪顾得上'算'？为了找回你，我恨不得把命都押上！"

没错，面对至爱，人们往往会不计代价，心甘情愿地倾其所有。

不输善良

有个流浪汉,三十多岁,胡子拉碴,蹲在街角。他举着个空纸杯,频频向路人发出恳求:"请给我一点施舍吧,求您了……"可是,没有人为他驻足。

这时,一个衣衫褴褛的男孩,一手抱着一块纸牌子,一手也拿着个空纸杯,坐到了离流浪汉两三米远的地方。那牌子上写着:"我饿坏了,请帮帮我吧……"男孩眼帘下垂,神情木然,未发一言,可有好几位路人向他伸出了援助之手。他们往纸杯里投钱币,和他握手,为他打气,还有善良的姑娘特意走过去,对男孩说:"需要一个拥抱吗?祝你好运!"

人们的善意像一道道阳光,照亮了男孩所在的那个角落,而就在两三米远的地方,那个流浪汉的头顶上却像是乌云密布一般,得不到一丁点温暖。

流浪汉向那些好心人再次发出恳求,可人们似乎比刚才更冷漠,他们毫不掩饰对男孩的同情，也毫不掩饰对正值壮年的流浪汉的厌恶。有人拍打流浪汉的脑袋："你有什么资格要钱？去工作，别像废物一样蹲在这里！"还有人捧着盒饭走到流浪汉身边，却又把整盒饭菜洒在他的身上："想吃饭？自己去挣啊！哼！"

流浪汉颓丧地站起身，看着满身的油腻、满地的狼藉，有些抓狂。他转头，直愣愣地盯着那个男孩……突然，他大步走开了。他要去干什么？男孩的出现抢走了流浪汉今天所有的运气，难道他是想做点什么来报复吗？

过了一会儿，流浪汉回来了，手里拿着一瓶水和一小块比萨。让人意想不到的是，他似乎没有任何犹豫地走到男孩面前，伸手把食物递了出去……同一时间，街对面走来一个小伙子，他的手里还拿着一部手持摄像机。他对流浪汉说："先生，您刚才经历的事我都看到了，这个时候，您怎么会把食物送给别人呢？"

"这没什么，只是刚才站起来的时候，看到这孩子的牌子上写着他饿坏了……"

小伙子握住流浪汉的手，感慨万分，他告诉流浪汉，其实男孩是他的弟弟，并不是一个真的乞讨者……这个故事来自国外网友记录的一次街头测试。流浪汉的表现，让人印象深刻。充满竞争的社会，我们免不了要与他人比较，有时会输，输掉财富、输掉地位、输掉掌声，甚至输掉尊严，只是但愿我们永远不要输掉心里对这个世界的善意。

成为更好的自己

最近看了两个故事,让我颇有感触。

第一个故事是说一个姑娘,一天下班后看到一家小店,卖内蒙古秘制牛肉干。她进去以后,看到一个老头坐在柜台后,全神贯注地拉着马头琴。

琴声悠扬,姑娘听了半天才开口说要买牛肉干。老头笑了笑,说:"秘制的已经没有了,那个工艺太费劲,产量少,一出炉就被抢光了,要不你买点普通的?"

姑娘从此被勾起了好奇心,每天下班都去店里问,老头每次都说你来晚了。终于有一天,姑娘有事没上班,早早跑到店里,总算买到了秘制牛肉干。她回到家里,打开袋子,迫不及待地尝了一口,却大失所望,最后只能全扔了。

一般人生完气也就把这事给忘了,可是这姑娘却另辟蹊径。她辞了工作,一个人跑到内蒙古,学了当地的牛肉干制法,最后回到家开了卖内蒙古牛肉干的网店。她做得正宗,味道也好,赚了个盆满钵满。

　　第二个故事发生在国外。一辆旅游大巴在美丽的乡间道路上行驶,途经一个路口时,司机突然将车停了下来。

　　游客们透过车窗张望,发现没有行人和过往车辆,那司机为什么不开过去呢?这里没有红绿灯啊!这时,司机说话了:"我看到路口有一只猫要过马路,让它先过去吧,我怕我们开着车过去,会惊吓到它。"

　　游客们再朝窗外仔细一看,果然有一只猫,它离路口还有一段距离,正慢悠悠地走着。有人忍俊不禁:"司机先生,这只猫过来还早呢!"

　　司机诙谐地说:"看一只猫过马路,不也是个很美的景点吗?"

　　大家哄堂大笑,只好静静地看那只猫过马路,只见它不急不躁地走到车前,停了下来,抬起头"喵喵"叫了几声,好像在和车里的人打招呼。等这只猫走了很远,司机才将车缓缓地开过路口。

　　旅游结束时,司机问游客们,这次行程中印象最深的景点是哪里,游客们异口同声地回答道:"看一只猫过马路!"

　　人生就是这样,它的意义不在于你遇到了什么样的人,看到多少风景,而在于那些人和景给你留下了什么,有没有让你成为更好的自己。

等待幸福

一个深夜,我接到朋友的电话。她哽咽着告诉我,她又一次失恋了,痛不欲生……

我给她讲了《世界奇妙物语》中的一个故事:一个姑娘叫玲子,她有个青梅竹马的男友。这天,玲子在一家餐厅刚坐下,突然"刷"的一下,周围的人全不见了,玲子吓了一跳。这时,一个老人出现了,手里还端着两份玲子喜欢的蛋包饭,说:"玲子,好久不见!"

玲子很奇怪,问对方怎么知道自己的名字。老人坐到玲子对面:"因为我是你的爱人啊!我来自50年后的世界。"接着,老人一一道出玲子的种种习惯,玲子惊讶极了。老人在自己的饭上加了一些蛋黄酱,玲子心想,好奇怪的搭配!突然,她注意到老人手上的表,的确是自己送给男友的那块。玲子相信了,老人一定就是男友年老时的模样。她把这次奇遇当作一个童话,没有告诉任何人。

第二天,玲子做了涂抹蛋黄酱的蛋包饭,男友皱着眉头吃了两口，就放下了。

晚上，玲子又来到那家餐厅。老人出现了，两人聊了很多，比如求婚那天的大雨，两人一起经历过的旅行……最后，玲子问："你是什么时候开始喜欢蛋黄酱的？"没等回答，老人开始剧烈地咳嗽，未来的世界消失了……

走出餐厅的时候，正好是下雨天，玲子憧憬着，求婚，会是怎样的呢？可就在这时，她突然看见马路对面，男友和一个女人亲密地在一起。玲子愣住了……后来，男友坦白：自己爱上别人了，然后他把手表丢给玲子，说："这块表，你还是交给一个更珍惜你的人吧！"

玲子拿起手表，疯了一般跑向餐厅，想再去问问老人，他究竟是谁。可是未来世界终究没有再来，她只在桌角发现了一封信，信上说："当你看到这封信时，我应该已经不在这个世界了。其实，我穿越50年来与你相见，只是想鼓励那个——在与我相遇之前、处于人生低谷的你。玲子，请相信，不管你现在过得多么艰辛，但是未来，一定会幸福，请等等我……"

玲子离开了男友，一个人乐观地生活下去了。一段日子后，玲子又来到那家餐厅吃饭。突然，对面坐下一个人，招呼服务生说："一份蛋包饭，加蛋黄酱……"

讲了这个故事之后，我和朋友很长一段时间没有联络，再次收到对方的信息，是一张照片，她穿着婚纱，幸福地笑着。

放下心中的成见

前阵子,朋友极力推荐我去看国产动漫电影《哪吒之魔童降世》,我第一反应是拒绝:"哪吒?我不看。"对中国观众而言,哪吒的故事是早就知道的,还能有什么稀奇? 1979年那部动画片《哪吒闹海》大约是很多人深刻的童年记忆:哪吒打死龙王三太子,惹怒了东海龙王,被父亲李靖训斥,他横剑自刎,"割肉还母,剔骨还父"……这故事实在太惨烈,令懵懂孩童震惊。它是神话,普通人也只能将这故事推到生活以外,否则,哪吒和父亲的关系只会令人揪心,让人觉得这个父亲太冷酷、太没人情味儿了。

朋友见我摇头,笑笑说:"相信我,这不是你从前看的哪吒故事。"

半信半疑间,我买票进了电影院。果然,这部电影颠覆了大家耳熟能详的故事,哪吒成了一个"魔丸降世"的顽劣魔童。而更大的颠覆是哪吒与父亲的关系,李靖虽不苟言笑,但他对哪吒的爱,最终唤起了哪吒的觉醒。他们终于都是"人",而非冷冰冰的"神"了。

在我看来，这部电影的主题是"成见"：陈塘关的百姓对哪吒有成见，认定他是妖怪；即使是天神，甚至天帝，也会对"妖兽"有成见。哪吒的可贵正在他敢于打破成见，当所谓的命运来临，拼尽全力抗争。

我之前拒绝看这部电影，不也是一种成见吗？人心中的成见其实无所不在。想起一个小故事，英国知名流行女歌手阿黛尔，因为身材偏胖，曾被时尚总监卡尔在杂志上大肆调侃。阿黛尔落落大方地回应："我只是一名歌者，不是想上杂志封面的模特儿。我做音乐不为吸引眼球，而是为了吸引耳朵。"她有次对朋友调侃说："我是一个比别人友善三倍的人：当我在公共汽车上给人让座时，至少可以让三位女士坐下。"后来卡尔深感内疚，给阿黛尔寄去一封亲笔道歉信，并附上一只香奈儿手袋。

成见不可避免，如何及时察觉自己内心的成见、如何有效化解别人的成见，无关乎"灵珠"或"魔珠"，只和我们内心的爱与勇敢有关。

给爱一个理由

最近看到两则故事，有些巧合，都和孩子有关，都和取名有关。

有个七岁的小女孩，她很孤独。爸爸偶尔会带她去野外钓鱼，女孩每次都期盼爸爸能带她探险，但爸爸总是聚精会神地盯住钓鱼线，不和她说话，于是女孩只好自己玩。她偷偷从装鱼饵的盒子里掏出一条蚯蚓，让它在手上爬，痒痒的，接着，她又掏出好几条，看着这些蚯蚓在一起扭动，女孩很开心，觉得热闹极了。

她给每一条蚯蚓都取了名字，还说要保护它们。忽然间，爸爸把手伸过来，抓走了杰克。女孩惊呼一声："不，爸爸！别把杰克挂在鱼钩上！"爸爸皱着眉头问："你给蚯蚓取了名字？"他叹了口气，抓出另一条蚯蚓，谁知女孩又叫道："那是马文！它很害羞的！"爸爸气恼地抓出一条又一条蚯蚓，女孩都说出了它们的名字，并恳求爸爸不要伤害她的朋友。爸爸最后无奈地抱怨道："难道你给盒子里的所有蚯蚓都取了名字？"

女孩胆怯地点点头。忽然，爸爸伸出双臂把女孩搂进怀里，喃喃地说："对不起，爸爸也想和你成为朋友，可以吗？"

第二个故事的主人公是美国的钢铁大王安德鲁·卡耐基。在卡耐基小时候，他养的兔子生了一群小兔子，可爱极了。可是卡耐基却犯起了愁，因为他一个人没法弄到足够的食物来喂养这些小兔子。看着伙伴们纷纷前来，对小兔子爱不释手，卡耐基灵机一动，有了主意。他对伙伴们说，可以每人认养一只兔子，而作为报答，他会以伙伴的名字来为这些兔子命名。大家一听这主意不错，用自己的名字给兔子命名，说明自己很受重视，都欣然同意。就这样，卡耐基和小伙伴们一起成功养大了这群兔子。

这两则故事，一个是童真，一个有智慧，而它们共同体现出的，都是人对生命表现出的体察和尊重。而当一个人这样做的时候，他也将获得理解和尊重。

嫉妒是把刀

最近读到这样一则故事：有一个天使来到一对嫉妒心极重的老夫妇的家中，对他们说："上帝决定许你们三个愿望，但是有一个先决条件，不论你们许下什么愿望，你们的邻居会同时得到双倍的赐福。"

老夫妇听了很高兴，便说："给我们一座小山似的稻谷，这样今年我们就不用耕种了！"第二天一早，果然门前积了一座小山似的稻谷，又多又饱满，老先生兴奋极了！但想想谷仓一定不够放，便准备到镇上买材料来扩建谷仓。

才走到一半，就碰到他的邻居，手舞足蹈地对他说："哇！今天我家门前突然多出了两座小山似的稻谷，我今年、明年都不用耕作了！"顿时，老先生一阵妒意涌上心头，巴不得眼前这个邻居马上消失。

一周后，天使又来了，老夫妇许下第二个愿望，希望上帝能赐给他们一个孩子。十个月后，他们果然生下了一个可爱的宝宝。邻居闻讯后，带着红蛋来道喜，兴奋地说："恭喜啊！我太太也生了！真没想到我们还会有孩子，而且还是一对双胞胎呢！"

老夫妇听了很不是滋味，看着邻居送来的红蛋，根本食不下咽。那天晚上，天使再度到访，要他们说出第三个愿望，老先生愤怒地说："我要求上帝砍掉我的一条手臂！我要让隔壁那个志得意满的家伙双臂尽失，一辈子不能做事，哈哈！"

老先生跪在地上，等着上帝拿去他一条手臂，却久久不见回应，猛一抬头，只看到天使泪流满面地说："你这个要求上帝是不会答应的，因为他爱世上的每一个人。你知道吗？当你说出刚才的请求时，上帝正在天上伤心地掉着眼泪，你何必要伤害别人，把痛苦留给自己，同时又伤了神的心呢？"

在我们的日常生活或工作环境中，是不是也常会无意中嫉妒身边的人比自己有福气？当我们开始嫉妒他，甚至巴不得诅咒他的时候，你可知道，嫉妒像一把刀，你以为你把它刺在了别人身上，其实是把它插进了自己心里，到头来伤害的是自己。

故事可能有虚假夸张的成分，但故事所要传递的道理不假，愿我们的故事能给你一些启示。

良心的安宁

最近,看到这么一个故事,让我挺感兴趣。1940年7月,米尔的好朋友约索夫,因是一名犹太人,而被送进了集中营。被带走的前一天夜里,约索夫把自己仅存的五万马克,交给米尔保管,让他代为照顾自己的妻子和年幼的孩子。这件事约索夫前前后后都瞒着妻子,因为他担心妻子倘若经不起纳粹的折腾,说出此事,钱没有了事小,可能会累及米尔的生命。

不幸的是,约索夫被带走的第二天,他的妻儿也双双被押,生死未卜。五万马克现金,就这样留在了米尔的手上。为稳妥起见,米尔以个人的名义,把钱分别存进四家银行,然后,把存折秘密窖藏起来,好等日后物归原主。当然,这件事,他也没敢告诉自己的妻子……

然而,一等数年,直至二战结束,好朋友一家依然渺无音讯。米尔想,也许约索夫一家在劫难逃,五万马克看来是无法奉还了……

一晃二十年过去了。这一年，米尔家里发生了一次重大变故。先是他与儿子联合经营的一个机械厂倒闭了，再就是他的妻子摔断了腿。这时，米尔一闪念想到了约索夫的那五万马克。可事有凑巧，就在准备从银行里取出这笔钱的时候，他偶然从报上看到一篇纪念反法西斯战争胜利二十周年的文章，文章的作者叫安迪·约索夫，从回忆的内容看，米尔断定，这位作者就是约索夫的儿子。也就是说，小约索夫还活着，不过，他似乎并不知道五万马克的存在。此时此刻，米尔陷入了空前的矛盾之中……

又是四十年过去了。米尔已是108岁高龄，他在接受记者采访时，感叹道："我一生，共有三个晚上没有睡好觉，全发生在看到那篇回忆文章之后：是归还这笔没人知道的巨款，还是拿出来拯救自己？令我庆幸的是，我最终选择了前者。"

是的，生活中我们每个人无时无刻不在面对各种各样的选择，有些事天知地知你知我知，或者我知你不知，但良心的安宁可能是终极选择。不知米尔的高寿是否与此有关。但我想，一个巢，心安下来就是家；一个穴，心安下来就是福。心安，是做人与处世的底线。

另一面镜子

如果在生活中遭遇了不如意之事，你会如何面对它？

曾任美国总统的罗斯福家里遭窃，被偷走了许多珍贵的东西。可罗斯福并没有太在乎，他对那些安慰他的朋友说："我现在很快乐。贼偷去的只是我的身外之物，而没有伤害到我的生命。最值得庆幸的是，做贼的不是我，而是他。"

这是一个名人的故事，言语中的智慧，可以让人豁然开朗。还有这样一个故事，则让人很是感慨。

一个年轻人正值人生巅峰，却被查出患了白血病，突如其来的绝望一下子笼罩了他的心，他觉得生活已经没有任何意义了，拒绝接受任何治疗。

年轻人从医院里逃出来，漫无目的地在街上游荡。忽然，一阵略带嘶哑又异常豪迈的乐曲吸引了他。不远处，一位双目失明的老人正把弄着一件磨得发亮的乐器，向着寥落的路人动情地弹奏着。

还有一点引人注目的是，盲人的怀中挂着一面镜子！

年轻人好奇地上前，趁盲人一曲弹奏完毕时，问道："请问这镜子是你的吗？""是的，我的乐器和这面镜子是我的两件宝贝！音乐是世界上最美好的东西，我常常靠我的乐器自娱自乐……"

"那这面镜子对你有什么意义呢？"年轻人迫不及待地问。

盲人微微一笑，说："我希望有一天出现奇迹，并且也相信有朝一日我能用这面镜子看见自己的脸，因此不管到哪儿，不管什么时候我都带着它。"

年轻人的心一下子被震撼了。此后，他坚强地忍受了痛苦的治疗，最终恢复了健康。

盲人的镜子，映照出的是他对生活的热爱，正是这份激情，使得这名遭遇挫折的年轻人，获得了积极乐观的心态和屹立不倒的信念。

法国作家萨克雷说过："生活是一面镜子，你对它笑，它就对你笑；你对它哭，它也对你哭。"然而当生活使我们哭泣时，故事或能成为另一面镜子，其中温暖的情节或是豁达的智慧，可以支撑着我们笑对生活中的不如意之事。

命运转弯

人生长路漫漫，但最关键的转弯处却只有那么几处。

曾听过一个真实的故事：一天深夜，长江大桥上走来一个年轻人。走到大桥中央时，年轻人看到前方的人行道上蹲着一位老人，地上铺了一件白色文化衫。老人年过七十，头发花白，正拿着一支签字笔在文化衫上写着什么。年轻人以为老人在行乞，就走上前去。突然他发现，老人正在写的是一封遗书！老人哽咽着告诉年轻人，他刚和儿女吵了一架，一气之下，便跑来这里跳桥。说着，老人情绪激动起来，爬上了大桥栏杆。年轻人赶忙报警，闻讯赶来的警察把老人拉下栏杆，带上了警车。

警察将老人送回家后再次经过大桥，却发现年轻人仍坐在大桥上，好像有心事。这时，年轻人才告诉警察："今天，我失恋了。我来到这里，想跳桥自杀。上桥后我看到老人，以为他是乞丐，就想在临死前做点好事，把口袋里的钱都给他。没想到他也是来自杀的……"最后，年轻人说，经过这番波折，他感悟到生命可贵，已经打消了轻生的念头……

一个巧合、一丝善念、一点顿悟，在命运的转弯处，年轻人做出了正确的选择，他和老人的命运就此转向。生活中，我们常常在不经意间就站在了命运的十字路口——当异性网友发来充满诱惑的邀约，当你和最好的朋友争夺唯一的出国名额，当全班同学发现你一直在撒谎欺骗大家，当老家的残疾父母突然出现在你的婚礼上……命运的转弯处，浓缩了人生的大起大落、大悲大喜、大惑大悟，是故事最爱演绎的题材。

看别人的故事时，我们也会想起自己的人生。人生不像故事那样结局已定。很多时候，我们不是赢在起跑线上，而是赢在了转折点。在命运的转弯处做出更好的选择，就一定能写出属于自己的美好"新传说"。

平安夜的礼物

国外有一对父母，他们的儿子虽然很聪明，却心浮气躁，不肯用功读书。父亲为了激励他，就说："你要是能考上哈佛大学，我就给你买辆跑车。"儿子听了之后，大受鼓舞，从此发奋图强。

数年后，儿子顺利通过大学招生考试，拿到了梦寐以求的哈佛大学的录取通知书。当年的平安夜，父亲打电话说："儿子，你回家一趟，我们给你准备了一个'惊喜'。"

在外求学的儿子当然知道"惊喜"是什么，不错，正是他梦寐以求的跑车。回到家中，只见厅堂内已经摆起了晚宴，香槟也放在了冰桶里。父母亲高兴地站在桌边，母亲手里捧着一个礼盒。父亲说："圣诞快乐，今天我们要送你一个礼物，这是我们最好的祝福。"

儿子一边说"谢谢"，一边迫不及待地接过礼盒，打开后，却发现是一本《圣经》。他脸上的笑容瞬间凝固了，因为《圣经》几乎是西方国家中最普遍的一本书。他怔怔地望着父亲，父亲温柔地说:"这就是我们这么多年来给你准备的礼物。"这句话终于引爆了儿子,他愤怒地把《圣经》摔在地上,大吼着夺门而出,连夜赶回了哈佛大学,再没有回家。

光阴荏苒,四年的大学生活很快过去,儿子进入了华尔街工作,几年的工作打磨了他的性格,跑车对他而言,也早已不是遥不可及的梦想。这天,他意外收到了母亲的来信,请他回家一趟。唉,时过境迁,也应该回一趟家了,儿子心里默念着。

又一个平安夜,他回到了阔别已久的家。一进门,他就呆住了,客厅的陈设竟然丝毫未变:桌上的香槟、地板上的《圣经》,一切如昨。儿子不由自主地捡起地上的《圣经》,打开后却发现,里面竟然粘着一把车钥匙。这时,他的父亲站在桌边缓缓说道:"车就在后院,我们等了你很多年。你应该知道,多看一眼,平静一点,你在几年前就能拥有这辆跑车了。"

人难免情绪化,希望这样的故事能带给人们温馨的启发与平和的心态,也愿大家能把这份平和与温馨带给新年里的每一个人。

让心轻一点

有位老人，临终前将自己珍存多年的一个棒球送给了一位年轻人，那上面有某支棒球队第一届全体队员的签名。如今，这个棒球价值不菲，年轻人将其视若珍宝。

一天，他四岁的儿子想玩这个棒球，年轻人严肃地告诉儿子："不能碰它，永远不能碰！这球上有很珍贵的签名！"

谁知两天后，他的儿子忽然跑过来，兴奋地说："爸爸，现在可以玩了，我已经把上面的签名全都擦掉了！"

这个故事幽默吗？再听听我一个朋友的亲身经历吧。

朋友曾经下狠心，花上千元买了一条牛仔裤，那是他买过的最贵的裤子。他听说好的牛仔裤是不能经常洗的，于是穿的时候格外小心翼翼，避免沾到灰尘和污渍。有一天，他跟几个好朋友一起吃火锅，坐他旁边的朋友不小心把一碗蘸料倒在了他那条牛仔裤上。他大骂一声，跳了起来，两眼冒火，握紧了拳头，眼看就要出手。

那朋友却茫然地看着他,说:"你怎么了?多大点事,你发那么大火干吗?"他这时才醒悟过来:是啊,不就是一条裤子吗,什么样的裤子能比一个朋友重要?第二天,他就把那条裤子丢进了洗衣机。从此,也再没有因为这些身外之物影响过自己的情绪。

曾经,我们并不懂得物质与金钱的价值,就像第一个故事里的孩子一样。但是渐渐地,我们懂得了。我们的眼学会了衡量,心学会了掂量,但我们的生命也因此而多了一份负累,心的自由被外物绑架,而并不自知。

一切顺其自然,不被外物所累,永持一颗平常心,才会拥有幸福和喜乐。这样的例子,在《故事会》里也有很多。

但愿你们读着这些或轻松幽默,或真切动人的故事时,心中能感到轻一些。因为,在你沉浸于故事的时候,心灵是没有戒备的,少了些负累,便多了份轻盈。

人生既有憾，且行且珍惜

网络上看到这样一则故事：老人是个收藏家，大半辈子收藏了很多宝贝，可惜的是，老人的三个儿子都在国外，老伴去世后就剩下老人独自生活。这时，老人昔日的学生出现了，他自愿承担起照顾老人的责任，跟进跟出地伺候着。

邻居们在背后议论："看他这么殷勤，一定是图人家的钱财。"老人装作没有听见。老人的三个儿子也慌忙从国外打来电话："小心被骗，他肯定别有目的。"

老人听后很生气，大声说："我不是傻子，真情还是假意我心里有数！"

过了几年，老人去世了，三个儿子从国外赶了回来，那个学生也来了，律师宣读了遗嘱。没想到，老人竟将大多数收藏品都给了那个学生。三个儿子不能接受，怀疑是学生在遗嘱上做了手脚。这时，律师递给他们一封信，说是老人临终前写的，只见上面写道："这份遗嘱是我经过深思熟虑决定的,你们不用怀疑。当我的学生第一次上门时,我就知道他是冲着我的收藏来的。但这些年,只有他陪在我身边,毫无怨言,让我最后的日子没有那么难堪,就算他是有目的的,我相信在这日日夜夜的陪伴里多少会有一些真情。而你们,即便知道我可能被人欺骗,却没有一个人愿意回来看我一眼……"

读完信后,三个儿子感到既懊悔又惭愧。其实,他们并非有意不孝顺,只是国外忙碌的工作、生活,总有太多理由让他们选择只顾自己。最让他们感到遗憾的是,父亲明知学生的用意却没有拒绝,内心是怎样的寂寞和苦涩。

人生从来多憾事,有些遗憾人们无法避免,有些却是自己酿的苦酒自己饮。当夜幕降临,该得到的尚未得到,该失去的早已失去,人生从来不是完满的。然而,与其去感伤那些消逝的过往,或是为未知的命运忧心忡忡,不如从现在开始,珍惜所有。

善待每一个人

我听说过一个事儿,有这么一个家境贫寒的男孩,父亲早逝,去大学报到的前一天,母亲把家里仅有的三千块钱给了他,伤感地说:"这是家里最后一笔钱了,希望你认真读书,照顾好自己。"

男孩申请了助学贷款,他在大学里刻苦读书,同学们外出聚餐或者购物,也从不参与,同时,他还在一家小吃店打工。这天,他打工的小吃店着火了,火势很凶猛,小吃店没多久就烧没了。店主瘫倒在地,无声地垂泪。

男孩看到这一幕,十分难受,于是,他把母亲给他的三千块钱取了出来,交到店主手里。店主一下子哭出声来。同学们都说男孩穷傻了,而店主也没想到,这个穷小子居然愿意倾其所有地帮助自己。

男孩从此更加拼命地打工,倒也奇迹般地撑到了大学毕业。后来,他创业成功,成了富有的老板。这段时间,小吃店店主的运气不佳，为了生计，他辗转多地……渐渐地，他们两个人失去了联系，已经成为老板的男孩，早就忽略了区区的三千块钱。天有不测风云，多年后，他的公司被同行用卑鄙的手段抹黑，陷入了危机，大批的记者挤到了公司门口，咄咄逼人。这时，突然出现了一个年逾古稀的老者，他一边散发传单，一边大声告诉记者们这家公司老板的人品是多么高贵……

这个老者便是当年那个小吃店的店主。后来，老板走出来，端详了老者许久，终于认出了对方，老者从怀里掏出了一个存折，递给老板。老板一下子就明白了什么意思，两个人相拥而泣……在场的记者愣住了，居然忘记了自己的来意。

我们在生活中会接触太多太多的人，应该用善良的心对待每一个人，哪怕对方仅仅是个过客。再说，人生何处不相逢？当你善待别人的时候，别人也会善待你，这样便会创造出美好的境界和氛围。因此，善待别人便是善待自己。

善待每一个人吧，你也会因此更加快乐！

殊途同归

有位作家老来得女,非常宠爱女儿。在女儿一岁多时,他因为工作不得不离家好几个月。

临行前,作家找了一张自己的正面照片,放大后挂在卧室里,然后一再叮嘱妻子:"女儿这么小,肯定对我没什么记忆。我走之后,你有空就给她看看我的照片,免得她把我忘记。"

作家依依不舍地离开了妻女,每次打电话回去,也都要追问一句:"有没有经常给女儿看我的照片?"每次,他都要得到肯定的答复才会满意。

一个月后,作家又打电话回家,照例是老生常谈。妻子说:"这两天,多亏婆婆来帮忙照顾我们,她马上要回老家去,临走时她却做了与你截然不同的事情。"

"哦,什么事?"

妻子回答:"她说,还没离开宝宝,就开始想念宝宝了,心里好难过。宝宝虽然还不会说话，但她心里也一定会想我，会难过！所以让我千万不要在宝宝面前提起她，让宝宝忘记她，免得也伤心。"

作家听了，心里一阵感慨。当我们爱一个人，想一个人的时候，总希望对方也一样想我们。岂知还有一种爱居然是：忘了我，免得和我一样承受相思之苦。虽然表现方式南辕北辙，但是最后都归结到一个"爱"字。

《故事会》每天都会收到很多读者反馈，有来信的、有来电的、有写邮件的，甚至还有亲自登门拜访的。各种反馈也是五花八门，有夸赞的，有痛批的，还有看了民间故事来求医问药的，等等。但凡你能想象的、超乎想象的反馈，我们都曾收到。编辑部的同仁们当然也会产生相应的情绪，有时是欣喜，有时是失落，有时是无奈……

当我们从各种小情绪中挣脱，回头再看这些那些反馈意见，心中是有感恩和自豪感的。有一种无奈叫孤芳自赏，有一种伤害叫无动于衷。不管是褒奖还是批评，读者朋友们正是由于对《故事会》关爱有加，所以才直抒胸臆。正如阳光促使小草生长，细雨更让小草茁壮。

虽然我们所处的位置不尽相同，但所怀的美好盼望是一致的，愿世界更美好一点、家庭更幸福一点、故事更精彩一点！

相信故事，相信美好

事情发生在好几年前。那年春运期间，半个中国遭受了罕见的雪灾。回家的人们在路上遭遇了一幕幕"人在途"，我就是其中之一。

当时，我正要赶往火车站，出租车十分抢手，好不容易才拦到一辆。这时，一个老人带着约十岁的孙子用商量的口吻对我说："小伙子，带上我们吧，这冰天雪地的，出租车根本叫不到。"我爽快地答应了。

司机要价三十块。我心里清楚，平时只要二十块，可眼下也只能认了。车子一路走走停停，火车站终于远远地出现在视野里。我见快到了，就拿出三十块钱递给司机，谁知司机说："一个人三十块，三个人九十块。"这是宰客啊！司机见我们不情愿，立刻熄火，也不放我们下去。

老人的语气缓和下来，对司机说："您行行好，人间自有真情在。"

司机说："真情？你在讲故事吧？要是按照故事里的说法，我应该免费送你们,还搭上点干粮,是吧?你倒是让我看看真情呀。"

我越听越生气,再看看手表,时间很紧,于是对司机吼道:"人在做,天在看!一百块拿去!开车!"司机接过钱,发动了车子。车子刚开出去三五米,突然发出了一声闷响,车头前倾,司机大叫道:"不好,左前轮陷坑里了。"

老人发话了:"别急,你来倒车,我们下去推车。"说着,他带着我和他的小孙子一起跑到车头。我们仨使出吃奶的力气,左前轮终于出坑了。只是老人的小孙子摔了个狗啃泥,身上都是雪和泥浆。

到了火车站,我们正要下车离开,司机摸摸脑袋,不好意思地说:"找你们钱。"说着,他递上了八十块,大家都笑了。

生活看似平静,却峰回路转,谁也无法预测下一秒会发生什么。显然,司机没有想到车轮会陷入坑中,更不会想到我们会大度地帮助他。他不相信故事,更不相信故事中所表现的美好,但最终他还是亲眼见证了。

故事是来自生活的,而且是最贴近生活的文学形式。故事中的情节,是生活的集中体现。我们应该相信故事,相信美好的事物,并且为之努力,这样便会越来越幸福。

想象，或现实一种

戏剧课前，学生们把作业簿陆陆续续交到讲台上。教授随手拿起几本，翻了翻，便开始正式讲课了，只见他在黑板上写下这么一句话——出售：婴儿鞋，从未穿。

学生们显然不明所以，教授便开口道："今天我们来上一节讨论课，这是海明威写过的'一句话的故事'，接下来希望大家发挥想象力，把故事写完整吧。"

学生们来了劲，议论开了，不一会儿，围绕"出售：婴儿鞋，从未穿"这个句子的故事纷纷出炉，或长或短，或悲或喜，或轰轰烈烈，或平中出奇……各种故事花样百出，精彩纷呈。转眼就下课了，学生们意犹未尽地走出教室，教授也转身开始整理教材。这时，一个女学生低着头走上讲台，从自己的作业簿里抽出一张纸，慌慌张张握在手里，匆匆告别了教授。走出教室后，她做了个长长的深呼吸，摊开手里的那张纸，撕了个粉碎，扔进了路边的垃圾箱里。

多年后，这个女学生回校探望教授，身边还牵着个可爱的孩子。当年，就读研究生的她爱上了一个穷小子，可就在步入婚姻殿堂的前一刻，她犹豫了：难道真的要嫁给一个前途茫茫的平庸男人吗？腹中的宝宝一旦出生，自己可就没有退路了。最后，她决定快刀斩乱麻……可偏偏那张人流手术预约单，被她不小心夹进了作业簿里……

如今，她虽然没有大富大贵，但丈夫体贴、孩子懂事，她生活得很幸福。她不禁问教授，当年是如何知道她的故事的，还如此巧妙地用编故事的办法，及时制止了她荒唐的念头。

教授听了她的故事，爽朗一笑，说道："不，当年我并不知道详情，我不清楚是谁、又为何要舍弃一个小生命，你们每个人的故事都不一样，我只是给了大家一个机会，用虚拟的故事给真实的生活一点提示。"

故事，承载着想象，或现实的一种。因此它有时天马行空，出人意料，令人越听越着迷；有时它真切动人，直扣心弦，让你仿佛看到自己……

心宽路自宽

和大家分享两个故事。

早晨,男人洗脸时把手表落在了洗漱台边,妻子看到后,就把手表放到了餐桌上。不料,儿子不小心将手表碰到地上摔坏了。男人把儿子打了一顿,又数落了妻子一番。

接着,男人气呼呼地出门上班,快到公司时才想起公文包忘带了,只好匆匆返回家。可到了家门口又发现钥匙也没带,此时,家中无人,他只好打电话给妻子。妻子心急火燎地往家赶,慌乱中撞翻了路边的水果摊,不得不赔了人家一笔钱才脱身。等男人拿到公文包再赶回公司时,已经迟到了,为此他挨了老板一顿批评;妻子上班也迟到了,当月的全勤奖自然泡汤了;而儿子因为一早的不快,在校运动会上表现糟糕,输掉了原本志在必得的比赛。

有位作家乘飞机回上海,出了机场,她叫了一辆的士,司机一听她家离机场只有一站路的距离,就没让她上车。她又叫了另一辆,司机欣然答应,一路上,还和她说说笑笑。很快,车子到达了目的地,作家突然想起了什么,问司机能否等她一下。司机本想回机场继续接活,一听她这里还有活,立刻同意了。过了十几分钟,作家回来了,说要去郊区一趟。司机一听,乐了,去郊区至少有五六十公里的路程,没想到自己无意中接了单大生意。

到了郊区,作家试探着问司机能否再等她一下,这次时间比较久。司机又爽快地答应了。过了一个小时,作家回来了,请司机送她回市区的家。司机一听,再次喜出望外,他原本做好了开着空车回市区的打算。到了目的地,来回车费是 400 元,作家因为感激司机的耐心等待,执意付给了司机 500 元。

畅销书作家朗达·拜恩曾提出过一个"吸引力法则":你生命中所发生的一切,都是你吸引来的。同为小事,第一个故事中的丈夫因为心态不佳,"引"来了一家人一天的坏心情和倒霉事;而第二个故事中的司机因为好心态,"引"来了一天的好心情和意外之财。世事皆如此,越锱铢必较、尖酸苛刻,越容易失去快乐和幸福;越宽厚平和、宠辱不惊,越容易邂逅好运和福气。

一切都会正常起来

在生活中,"失常"往往会令人不知所措,而下面这则故事多少能给我们一点启示。

有三个正常人接受了一项测试。他们被关进疯人院,必须自证精神正常,获得院方认可才能"回归"。

一号测试者,他自证的方法很简单,就是大声喊叫:"我不是疯子,快放我出去!我不是疯子……"就这样喊了一上午。到了下午,医生觉得这个"病患"有亢奋倾向,便给他打了一针镇静剂。

然后是二号测试者,他有些文化,刚被关进疯人院,就要求见医生。而医生还没有问话,他就迫不及待地说:"地球是圆的,月亮绕着地球转,地球绕着太阳转……"就这样,说了五分钟。医生很冷静地看着他,然后对一旁的助手说:"这是一种典型的精神疾病的表现。"助手说:"可是他说的都是对的啊。"医生长出了一口气,说:"你见过哪个正常人第一次跟你见面,就不停地说这些?"就这样，二号测试者也被重新关了进去。

两个人失败了，剩下三号测试者南河还没有尝试。南河也不着急，更不张罗着去见医生，吃饭的时候就吃饭，睡觉的时候就睡觉，平时什么样现在还是什么样。过了一个星期，负责医生主动安排南河接受出院测试，因为他发现南河的生活非常规律，跟正常人没什么两样。

医生为了检验他是否有二号测试者那种"症状"，半天没说话。医生不说话，南河也没言语。两个人就这样坐了五分钟，然后医生开腔了："你叫什么名字？"南河如实回答："我叫南河。""你家住哪儿？"医生接着问。"杨柳村。"南河简短地回答了。"你回去打算干吗？"医生继续问。南河说："玉米快熟了，我等着回去收玉米。"当时正是玉米成熟的季节。医生就此判断，南河完全正常，就把他放出去了。

故事中的情节总是有些特殊，会有百口莫辩的巧合，也会有柳暗花明的转折。这些在日常生活中，可能都不会发生，但难免会有些不愉快的经历，使我们的生活"失常"。此时，不要试图去证明什么，做好平常的工作，过好平日的生活，相信一切都会正常起来的。

再试一次

这个故事来自泰国短片《豆芽》。

有一个小女孩,生活在一个并不富裕的家庭里。一次,她和妈妈去菜场,小女孩看到许多人围着一个摊位在买豆芽,就问妈妈:"为什么豆芽卖得这么好?"妈妈说:"因为整个菜场只有这一个摊子卖豆芽呀!"小女孩突发奇想,问妈妈:"那我们可以种来卖吗?"

大多数家长听到孩子这么问,可能会说:"种什么豆芽?好好读书,别胡思乱想。"或说:"家里没地方种豆芽,我们也不会种。"

可是,小女孩的妈妈只回答了一句简单的话:"嗯,我们试试。"

于是,小女孩和妈妈在家里的阳台上种起了豆芽。豆芽长出没多久就枯死了,小女孩流下了眼泪,妈妈搂住她的肩膀,安慰道:"我们再试试。"

她们找来一本种豆芽的书。妈妈没读完小学就离开了学校,几乎不识字,她就让女儿念出书中种豆芽的方法。根据书里写的,妈妈在阳台装上了遮阴的帘子。小女孩问妈妈："这次会成功吗？"妈妈的回答一如既往："我们试试。"可惜的是，第二次尝试也失败了。

面对失败，妈妈选择继续尝试。她发现，豆芽枯死的原因是没有按时浇水。但是妈妈要打零工，小女孩也要上学，她们无法做到按时浇水。母女俩想了一个办法，在废弃的塑料瓶上戳出许多小洞，里面灌上水，悬挂在豆芽上面，这样就可以持续地给豆芽浇水了。安装塑料瓶时，女儿问妈妈："这回能成功吗？"妈妈的笑容始终充满自信："我们试试吧。"

豆芽终于长出来了，小女孩乐开了花。妈妈看着女儿高兴的样子，问道："我们要不要试试种点别的？"小女孩笑着回答："我们试试！"

短片中的小女孩是有生活原型的，她长大后获得了奖学金，现在正在瑞典从事科研工作。在短片结尾，长大后的女孩面对镜头说道："妈妈说的'我们试试'，就像神奇的肥料，养育着我的好奇心，浇灌我的知识之树枝繁叶茂。"

是啊，孩子就像一颗小小的种子，成人做出的每一个行为，讲的每一个故事，甚至无意中说的一句话，都会影响种子的生长。愿每颗小小种子的成长道路上，多些阳光，多些希望。

在不完美中寻找完美

前阵子,表妹家喜添千金,我前去串门。到了她家一看,原本井井有条的家变得乱七八糟,衣服袜子满天飞,奶瓶玩具随处倒。表妹拉着我坐下,张口就夸:"这段时间,真是多亏了我家新请的保姆!"我看了眼乱糟糟的屋子,欲言又止。表妹心领神会道:"没错,她打扫屋子的能力是差了点,但她煲得一手好汤。最关键的是,她带娃可有一套呢。凡事看优点嘛!"

正说着话,表妹夫突然回来了,惊慌失措地说:"老婆大人,坏事了!我今天第一天开新车,不知怎的,竟一头撞到树上去了,整个车头全毁了……""你人没事吧?"见丈夫摇摇头,表妹笑着说,"你今天走大运了!"众人一听,都有点摸不着头脑,只听表妹接着说:"幸亏你今天开的是新车,安全性能好,要是你开的是以前那台破车,恐怕就要挂彩了。"

写到这里,突然想起之前看过的一则视频:丈夫出差回家,询问妻子今天过得怎么样。妻子立马对丈夫大倒苦水：天还没亮，大女儿惊叫着从噩梦中醒来，她只好赶紧从床上爬起来，去安抚大女儿；好不容易把两个女儿都哄得起床了，两个小家伙却因为抢玩具，哭着喊着扭打在一起；接下来，她带着两个女儿去超市买菜，一个乱拿超市的东西，另一个拿起苹果就啃，她手忙脚乱，顾此失彼；到了家还没来得及喘口气，大女儿竟把刚买的蛋糕整盘扣在地上……最后，妻子对丈夫说了一句："今天真是非常糟糕的一天！"

然而，当丈夫去询问大女儿时，大女儿却兴奋地说："我早上做梦梦见怪兽了，害怕极了，幸好妈妈过来抱着我一起睡了；我和妹妹哭闹的时候，妈妈过来亲我们了；后来我们还坐了超市的车车，可开心呢；最让我们高兴的是，妈妈和我们玩食物大战了，我们坐在地上，一边吃蛋糕，一边将食物抹在对方的脸上……"最后，大女儿站在床上欢呼道："今天真是非常高兴的一天！"

凡事皆有两面性，这边看令人沮丧，那边看或许海阔天空。接受生活的不如意，生活才有可能如意；包容人生的不完美，人生才有可能完美。

种在你心里

炎炎夏日，不妨先听我讲一个小故事：

有位公主到了要出嫁的年纪，面对众多求婚示爱者，她提出了一个要求：她想知道世界上最美的花是什么样子的，谁能把最美的花带给她看，她就嫁给谁。

于是，求婚者们各自踏上了寻找最美花朵的征途。一个月后，他们依次献上寻找到的最美的花，一时间，宫殿内争奇斗艳，香味扑鼻，美不胜收。

这时，只剩下最后一人没有献花了。但奇怪的是，这人手里却没有花，只拿着一个小小的布袋。他打开布袋，将里面的东西倒在手心里——原来，只是几粒种子。

这个人说："我是个花匠，我的苗圃里有成百上千种花，都很漂亮。但是我觉得，花儿还是种子的时候才是最美的。首先，在开花之前，你永远不知道它最后的样子，这份未知让人心动；其次，花朵生长需要阳光、雨露和泥土，更需要精心的照料与呵护，这些过程，只有种花的人自己才能体会；最后，种子从发芽到长出枝叶，再到开出花朵，需要漫长的等待，我为此付出了时间，内心也就有了更多的期待。"

说着，花匠上前一步，把种子递到公主面前："若现在就种下，我们共同来培育、养护，几个月后，就可以知道它们是哪种花，是什么颜色的，又有着怎样的香气。不知公主是否愿和我一起见证这个过程？"

如果你是公主，你是否愿意？

此刻，我作为《故事会》的编辑，把自己想象成一个花匠，手捧花种，来到各位读者面前。我想把故事的花种，一粒一粒种在读者的心里。

故事像花儿一样，还是种子的时候才是最美的。每一篇故事，从作者的脑海来到编辑的手中，再到读者的心田，类似于一次栽培，过程比结果趣味更浓。

期待着，你们愿意和我一起，浇灌心中的故事之花，共享它醉人的芬芳。

图书在版编目（CIP）数据

开卷故事 /《故事会》编辑部编. —— 上海：上海文艺出版社，2020
（中国好故事·作品系列）
ISBN 978-7-5321-7723-3

Ⅰ. ①开… Ⅱ. ①故… Ⅲ. ①故事-作品集-中国-当代 Ⅳ. ① I247.81

中国版本图书馆 CIP 数据核字（2020）第 110201 号

开卷故事

主　　编：	夏一鸣
副 主 编：	吕　佳　朱　虹
责任编辑：	曹晴雯
发稿编辑：	吕　佳　朱　虹　姚自豪　丁娴瑶　陶云韫　王　琦
	曹晴雯　赵嫒佳　田　芳　严　俊　赵俊斐
装帧设计：	周　睿　王怡斐　郭瑾玮
插　　画：	孙小片
责任督印：	张　凯

出　　版	上海文艺出版社
出　　品	上海故事会文化传媒有限公司
	（200020　上海市绍兴路74号　www.storychina.cn）
发　　行	上海文艺出版社发行中心
	（上海市绍兴路50号）
印　　刷	上海中华印刷有限公司
开　　本	889毫米x1194毫米　1/32　印张9.25　插页4
版　　次	2020年7月第1版　2020年7月第1次印刷
书　　号	ISBN 978-7-5321-7723-3/I·6134
定　　价	35.00元

版权所有·不准翻印

上海故事会文化传媒有限公司 出品（00982） www.storychina.cn

想看更多精彩故事？
扫码下载故事会APP

上海故事会文化传媒有限公司所有图书可办理邮购，免收邮费（挂号除外）
汇款地址：上海市绍兴路74号(200020)　收款人：上海故事会文化传媒有限公司出版发行部
联系电话：021-64338113
如发现本书有质量问题，请与印刷厂质量科联系 T：021-60829062